W9-CSQ-018

Rozando el Cielo

Cristina

González

This book purchased with
a generous donation from

Phillips 66

Copyright © 2014 Cristina González

Portada © Yuriy Shevtsov - Fotolia

Todos los derechos reservados

ISBN-10: 150084778X
ISBN-13: 978-1500847784

Para aquel que valora lo que en realidad importa.
Y para mi hermana, otro ángel que tiene mucho que enseñarnos
a todos.

Todos los acontecimientos aquí narrados son absolutamente ficticios. Cualquier parecido con la realidad es fruto de la coincidencia.

1

—**Le** he dicho que no quiere sentarse al lado del ministro de industria francés. No, no y no. ¿Acaso quiere provocar una guerra? Por el amor de Dios… ––le gritaba yo al asesor de eventos noruego (y estúpido) ——. Sí… Sí… Ajá… Me parece bien. Sí, esa mesa es estupenda. Gracias.

Y colgué.

A pesar de que mi noruego no era el mejor –no era el idioma que más dominaba–, había sido capaz de evitar que mi jefe, el señor Miller, no tuviese que atravesar una situación de lo más incómoda.

Desde que Terrarius comenzó con las obras de la nueva línea de ferrocarriles de alta velocidad, los franceses se habían retrasado en todos los pagos, obligando a detener el proyecto y sobrecargando demasiado la economía de la empresa.

Y John Miller, el presidente de Terrarius, no estaba

dispuesto a almorzar en la misma mesa que el peor de sus clientes.

Y yo sabía que, si el ministro francés conocía lo suficiente al señor Miller, tampoco querría enfrentarse cara a cara con él.

—Necesito ver un resumen de la situación de los tres últimos meses Praxton —me bufó mi jefe mientras pasaba por delante de mi mesa.

Después se encerró en su despacho de un portazo y pude adivinar a través del cristal cómo se sentaba, pasaba su mano por su cabello en un ademán de desesperación y luego fijaba sus gélidos ojos turquesas en la fría pantalla de su portátil, repleta de números.

Imprimí el informe que había preparado detalladamente durante las últimas dos semanas. Me incorporé y caminé con paso firme hacia su santuario.

Toqué con mis nudillos suavemente sobre la madera de la puerta y entré. Después deposité los papeles sobre su mesa, al lado de su brazo medio descubierto al encontrarse su pálida camisa remangada hasta el codo.

Sin musitar una sola palabra, salí de allí, cerrando la puerta con delicadeza para no hacer ruido.

Después me senté de nuevo frente a mi mesa de madera de roble y continué trabajando. Más y más llamadas, más y más reuniones que organizar. Informes, diapositivas, folletos y papeleos varios que mantuvieron mi mente ocupada durante las seis horas siguientes.

Sin embargo, mi trabajo me divertía, me apasionaba. Para llevar a cabo mi actividad diaria necesitaba no menos que dominar como mínimo cuatro idiomas: el francés, alemán, español y ruso.

El resto: como el noruego, rumano, portugués, y otros tantos, los repasaba cuando me era necesario utilizarlos.

Adoraba los idiomas.

Cuando vivía, mi madre solía decirme que poseía un don para comunicarme, y que por supuesto, había sabido aprovecharlo bien.

Y lo bueno que tenía ser la secretaria personal del dueño de Terrarius era que necesitaba utilizarlos todos constantemente, de manera que jamás se oxidaban en mi cerebro.

Alguna vez había pillado al señor Miller observándome y escuchando una de mis conversaciones acaloradas en un francés más bien insolente con algún administrativo parisino.

Me había llenado de orgullo ver a mi jefe sonreír de medio lado al comprobar como les plantaba cara a las largatijas del funcionariado en un idioma que ni siquiera era el mío.

En el fondo John me caía bien.

Mucha gente lo temía y lo evitaba por los pasillos. Tenía un halo de autoridad innegable y muy necesario para hacer que las cosas funcionasen en una empresa tan gigantesca. Él era exigente con todo el mundo y sobre todo, con él mismo.

Suspiré.

Había llegado la hora de comer. Miré de nuevo a través de la persiana de su despacho y comprobé que el señor Miller continuaba apuntando cosas y llamando por teléfono.

Era la clase de jefe que predicaba con el ejemplo.

Si sus empleados trabajaban, él lo hacía el doble. Si nosotros nos marchábamos a las seis de la tarde, él se iba a las nueve. Y si llegábamos a las ocho, él a las seis y media.

Me pregunté si no tendría a nadie con quien compartir su tiempo libre, y de ser así, qué clase de relación sería.

Porque a pesar de que yo ya llevaba tres años trabajando para él, no conocía absolutamente nada acerca de su vida personal.

Ni tampoco me interesaba especialmente. Era sólo que en ocasiones se me antojaba triste y solitario y sentía cierta compasión por él.

En algunas ocasiones le había tenido que acompañar a diversos eventos: reuniones, cenas, inauguraciones… Y siempre le había visto con una mujer diferente.

Por lo habitual, John solía llevar acompañantes jóvenes y glamourosas con las que hablaba lo justo y necesario. Desde luego, no se le veía feliz con ninguna de ellas. Apagué el ordenador. Recogí mis cosas, ordené mi mesa y me encaminé hacia el ascensor.

Después de un corto trayecto en autobús y de una caminata de quince minutos, llegué al edificio de pisos en el que se encontraba mi acogedor y reducido apartamento.

*

—¡Molly! —grité nada más entrar —.¡Estoy aquí!

Al instante, una chica de veintidós años y la persona con mejores sentimientos y buenas intenciones que me había encontrado en el mundo hasta la fecha, apareció tras la puerta de la cocina y me saludó con una sonrisa.

Una sonrisa un tanto forzada.

Una de las cosas buenas de Molly era su transparencia. Con solo ver su cara podía adivinar cuando las cosas no iban bien.

Me senté en el sofá y la insté a que me pusiera al corriente de lo que había pasado aquel día.

Ella tomó asiento a mi lado y se colocó algunos mechones tras su oreja.

—Rachel está algo amodorrada… Lleva una mañana muy rara… Tiene mucho sueño… Dice que está muy cansada —dijo ella nerviosa, refiriéndose a mi hermana.

—¿Está dormida ahora? —pregunté dejando

entrever mi nerviosismo.

—Sí… Y salvo eso, está bien. Me preocupa que la medicación esté provocándole algún efecto secundario… Habría que llevarla al médico —sugirió Molly casi en un susurro.

Ambas sabíamos lo que aquello significaba: dinero. Y no por la consulta con el doctor… Si no porque, cada vez que salíamos de allí, teníamos que comprar algún fármaco distinto y muy caro.

La entrañable Rachel, mi hermana pequeña, había nacido con síndrome de Down. Mis padres la habían cuidado con mimo y esmero, protegiéndola y dedicando su vida a ella.

La habían llevado a un colegio de educación especial, que pudieron permitirse gracias a los ahorros de toda una vida, ya que el Estado no lo financiaba por completo.

Allí Rachel había aprendido todas aquellas cosas que estaban a su alcance: sabía vestirse –más o menos–, comía sola, se duchaba sola –aunque yo prefería vigilarla, tenía miedo de que pudiera caerse – e incluso había aprendido a leer –palabras básicas, lecturas infantiles… Pero era capaz de hacerlo–.

Estaba sana, tenía cierta tendencia a engordar, pero nada más –a excepción de su patente problema neurológico debido a su enfermedad–.

Mis padres la habían llevado al cardiólogo para que la revisara, al neurólogo todos los años para comprobar los avances –o retrocesos– y hasta hacía poco tiempo, también al pediatra.

Yo me había marchado de casa cuando comencé a trabajar para John Miller, pero aún así, me había mantenido en estrecho contacto con mi familia e iba a visitarles a menudo.

Hasta que ocurrió.

Como podría haberle ocurrido a cualquier familia, a cualquier persona, ser querido… Mis padres fallecieron en un desafortunado accidente de tráfico. Mi madre perdió la vida en el acto, mientras que mi padre se desvaneció a los dos días por una sepsis ingresado en la unidad de cuidados intensivos.

Como por arte de magia, Rachel, quien también viajaba en el coche con ellos, había salido absolutamente intacta de aquella colisión.

Esto había sucedido el año anterior.

Desde entonces, ni Rachel ni yo volvimos a ser las mismas y a duras penas hemos logrado recuperarnos del impacto.

En ocasiones la escuchaba llorar por las noches. Y cuando aquello ocurría me levantaba de la cama para abrazarla, hasta que se quedaba dormida de nuevo.

Y entonces yo lloraba.

Después pensaba que si nuestra madre nos había enseñado a ser fuertes y a afrontar la vida tal y como decidiera presentarse, debía serle fiel a sus enseñanzas y tratar de reencauzar nuestro día a día.

Así fue como decidí contratar a Molly, para que cuidara de Rachel durante mis horas de trabajo.

Le pagaba poco, y ella sabía que yo no podía dar más de mí.

Porque a pesar de que la herencia que me habían dejado nuestros padres podía solucionar algunos apuros, no debía derrocharla – solía utilizarla para pagar las visitas médicas, los medicamentos y las pruebas que necesitaba mi hermana –.

Y mi sueldo me alcanzaba para pagar mi alquiler, comida y ropa para ambas. Y a Molly, por supuesto, quien se conformaba con unos míseros cuatrocientos dólares mensuales, por dedicarle casi el día entero a Rachel.

—Sabes que puedes marcharte cuando lo necesites —le solía decir a la joven de vez en cuando.

Pero ella contestaba:

—El día que no pueda mantenerme, vendré a vivir contigo… Yo trabajaré por la tarde y tú por la mañana. Así ambas podremos cuidar a Rachel y mantener la casa.

Molly tenía cualidades parecidas a las de mi madre y por eso creo que nos comprendía tan bien a mi hermana y a mí.

Me lenvanté del sofá y caminé hasta la pequeña habitación en la que dormía Rachel. Abrí la puerta despacio, con suavidad y entré de puntillas.

Le di un imperceptible beso en la mejilla y la observé durante un minuto. Su respiración era profunda y tranquila... Como la de la criatura inocente que era.

Sin embargo, me preocupaba que se sintiera tan cansada siendo tan solo las seis de la tarde.

—Pediré cita para el neurólogo para dentro de un par de días, necesito decírselo a John con algo de tiempo —le susurré a Molly mientras Rachel suspiraba entre sueños.

Ambas salimos del dormitorio y nos tomamos un café juntas en la cocina.

—Sarah, necesito pedirte algo —me dijo antes de terminarse su taza.

Asentí, invitándola a hablar.

—Mi padre tiene que operarse la semana que viene y tal vez deba faltar tres o cuatro días... ¿Te daría tiempo a pedirle permiso a tu jefe? ¿O al menos a encontrar a alguien que pueda sustituirme durante ese tiempo?

Adiviné la desesperación en sus palabras, al tener que divirse entre cuidar a Rachel y atender a su padre. Respiré hondo. Rápidamente planeé la manera, el tono y la cantidad de palabras que utilizaría para pedirle a John Miller que descontara de mis vacaciones la mitad de la semana siguiente. Alegaría problemas familiares. De salud... Lo que fuera.

Pensé que en caso de fallar aquello, podría fingir una

gripe.

Yo era buena, John me apreciaba. Quise creer que no le importaría que me ausentara unos días por cuestiones familiares.

—Está bien, Molly. El tiempo que necesites. Ya me apañaré. A fin de cuentas, no es algo que pase todos los días —razoné, sin poder ocultar el nerviosismo de mis palabras—. Espero que todo salga bien… ¿De qué es la operación?

Ella sonrió con tristeza.

—Tiene un tumor en el colon… Pero afortunadamente lo han detectado a tiempo.

Le di un abrazo para apoyarla. Su padre era la única familia que le quedaba y adiviné que escuchar la palabra tumor salir de la boca de un médico fue un golpe muy duro para ella.

Pero así era Molly. Se quejaba poco. A duras penas contaba sus problemas y solía llevar siempre una gran sonrisa en su cara.

"Todos tenemos derecho a decaer de vez en cuando, incluso ella", pensé al escuchar lo más parecido a un sollozo sobre mi hombro.

—Tranquila, Molly. Todo saldrá bien. Me avisarás cuando acabe ¿verdad?

Ella se separó de mi hombro y asintió.

Rozando el cielo

2

Había ensayado el monólogo al menos una docena de veces. En voz alta, en voz baja, mentalmente, delante del espejo... Y aún continuaba repitiéndolo para mí misma mientras el ascensor me llevaba rascacielos arriba, hacia mi mesa de trabajo.

"Señor Miller, me han surgido unos asuntos familiares que me veo obligada a atender... Si fuese usted tan amable...".

Constantemente me recordaba a mí misma que mi relación con mi jefe era sustancialmente buena. Me valoraba como la buena profesional que había demostrado que era y por ello yo quería creer que sería incapaz de negarme tres días libres.

Me senté, dejé mi bolso bajo el escritorio y encendí mi ordenador. Observé a través de la persiana que el señor Miller ya se encontraba, como siempre a las siete y media de la mañana, entregado por completo a una nueva jornada laboral.

—Piensa, Sarah, piensa… —repetí en voz baja.

Porque ya no se trataba solamente de cómo pedirle a John Miller que me diera permiso, si no de seleccionar el momento adecuado en el que él estuviese dispuesto a escucharme y a ser posible, de buen humor.

Resoplé.

El presidente de Terrarius siempre estaba ocupado.

Y normalmente, todo lo que no estuviese cuidadosamente colocado en su agenda con un mínimo de una semana de antelación, le estorbaba.

"Solo serán cinco minutos", pensé. "No le quitaré más tiempo".

Mi mesa se encontraba a unos siete pasos de su despacho. Separada de éste por un pasillo cubierto por una aséptica moqueta grisácea. La madera de tonos claros daba color a las puertas y a los muebles, en los cuales se reflejaba la luz blanca de los focos de oficina que iluminaban la estancia desde el techo.

Recordé entonces que el señor Miller tenía una reunión programada para las diez de la mañana, y después recordé que John, tras las reuniones siempre solía tomarse un pequeño descanso para organizar sus ideas.

"Después de la reunión hablaré con él", pensé con aires de victoria.

Ya estaba planeado. El momento, el lugar, las palabras e incluso los gestos que utilizaría.

—Praxton, ¿le importaría pasar a mi despacho? Ahora, por favor.

Me sobresalté al ver a mi jefe apoyado en el umbral de la puerta de su despacho, observándome. Medité sobre su exquisita educación. En sus órdenes no solían faltar los "por favor" y los "gracias", a excepción de cuando se encontraba muy apurado.

No obstante, aquellos ademanes tan caballerosos se perdían en su mirada intransigente. Su "por favor" se podía traducir perfectamente por un: "para ayer".

—Sí, señor Miller —respondí con inmediatez al tiempo que me levantaba de mi silla negra.

Le seguí. Observé su camisa de rayas, que le quedaba sustancialmente grande. Era compresible, pues se trataba de un hombre bastante delgado y esbelto, al cual le sería bastante difícil encontrar ropa de su talla.

Además, su altura le hacía parecer aún más consumido. Supuse que mediría cerca de un metro noventa.

Cuando tomé asiento, noté sus ojos azules clavados en mí. Advertí que el turquesa de sus iris parecía más intenso de lo habitual, nada que ver con el azul pálido y cristalino que lucía cuando se encontraba más relajado.

Aquella era una buena manera de calibrar su estado de ánimo. Normalmente, yo solía darle las noticias menos buenas cuando veía el azul claro y balsámico en sus ojos. De lo contrario solía apartarme hasta que el turquesa intenso hubiese desaparecido.

—Verá, Sarah, estoy muy contento con su trabajo —comenzó él.

Su tono de voz jamás se elevaba más de lo necesario.

Contuve el aliento. No me gustaron aquellas palabras, no anunciaban la petición de un nuevo informe, ni una nueva presentación de diapositivas, ni un cambio en su agenda.

Esperé, tensa.

—He leído su currículum a lo largo de esta semana —continuó él.

No fui capaz de mirarle a los ojos. Cuando John Miller centraba su atención en alguien, quemaba. Y me estaba quemando en aquel instante. Sentí mis piernas temblorosas, pero me esforcé por mantener la compostura.

Casi había olvidado que tenía que pedirle tres días libres, pues tal y como hablaba, daba la sensación de que en cualquier momento iba a "prescindir de mis servicios".

Aunque aquello no me resultaba creíble: yo era su mejor asistente. Él lo sabía.

—Es usted toda una autoridad en filología francesa, al parecer —dijo John Miller de pronto.

Y entonces me atreví a mirarle. Mi jefe me sonreía tímidamente. Jamás había visto semejante expresión en su cara. Daba la sensación de que acababa de meterse en un buen lío y trataba de evadir una regañina con su sonrisa más encantadora.

Me estaba desorientando por momentos.

Miré a mi alrededor, esperando que las cortinas o los muebles pudieran explicarme cuál era el extraño propósito de aquella frase. Y sobre todo de aquella sonrisa.

—Le escucho —respondí en un susurro.

Él relajó el gesto.

Yo respiré, aún alterada.

—¿Tiene usted alguna experiencia en el ámbito docente?

Era una pregunta sencilla. Pero intuí alguna clase de trampa en ella.

—Sólo daba clases particulares mientras estudiaba en la universidad... Para ahorrar algo de dinero para mis gastos... Ya sabe, lo típico —dije, tratando de sonar lo más neutral posible.

John asintió, sin decir nada. Durante unos minutos se mantuvo aquel silencio incómodo entre nosotros.

No osé interrumpirlo.

—¿Necesita usted algo? La veo nerviosa —preguntó después.

Fruncí el entrecejo. Creía que quien necesitaba algo era él. Sin embargo, pensé, que tal vez era el mejor momento para pedirle aquellos días libres.

—En realidad, me preguntaba si usted podría dejarme tres días libres de la semana que viene.

Descontándomelos de las vacaciones, por supuesto…
—me apresuré a añadir.

A pesar de mi forzada expresión de serenidad, estaba segura de que mi espalda estaba empapada de sudor frío.

—Sí, claro. Cuando usted quiera. No tiene ni que pedírmelo, Sarah —dijo él sin apenas mirarme.

No podía creérmelo. ¿Así? ¿Sin más?

Casi me había quedado con ganas de argumentar y "pelear".

—¿Qué le ocurre? Parece desconcertada —preguntó John Miller, mirándome de soslayo.

—Nada en absoluto, gracias señor Miller… Ahora, si me disculpa, continuaré trabajando… —fui a levantarme, sin recordar que mi jefe me había llamado para algo en contreto.

—No he acabado con usted Sarah, siéntese, por favor.

Automáticamente posé mi trasero sobre la silla de nuevo. Sin embargo, estaba más relajada. Ya había solucionado la ausencia de Molly y Rachel no se quedaría sola en casa. Además pensé, que podría aprovechar y llevarla al neurólogo para que la revisara.

Pensé que tal vez Miller querría pedirme algún informe, o quizás me fuese a proponer que impartiera algún curso de idiomas a algún sector del personal —era lo único que se me ocurría que tuviese que ver con la pregunta que me había hecho antes acerca de la docencia–.

Cinco minutos después, Miller continuaba sin decir nada. Comenzaba a exasperarme. Yo era tolerante y comprendía que se trataba de un hombre ocupado, con poco tiempo. Pero aquello no era excusa para hacerle perder el tiempo a las demás personas.

A mí, en concreto.

—¿Le importaría decirme el motivo por el cual me ha llamado, señor Miller? —traté de sonar suave y cordial.

Creí que no iba a responderme cuando me dijo:

—No sea usted impaciente, Sarah. Deme un minuto, tengo que firmar un par de consentimientos y en seguida estoy con usted.

Enarqué una ceja levemente. Al parecer mi tono no había sonado tan amable como yo había pretendido. O eso, o mi jefe estaba dotado de una gran intuición.

No quise dejar traslucir más de la cuenta mi creciente enfado.

Entonces John Miller cerró su agenda con un golpe seco y me miró fijamente.

—Mi hija necesita aprobar un examen oral de francés para ser admitida en una universidad parisina. Usted es la única persona en la que soy capaz de confiar para que ella lo consiga.

Sonaba halagador. Pero salí de mi asombro rápidamente.

—¿Pretende que le dé clases a su hija? — pregunté para asegurarme de que había comprendido bien.

—Efectivamente. Durante el mes que viene, todas las tardes.

No lo pensé. Y tal vez debí haber sido más elegante en mi respuesta. Pero yo era incapaz de pedirle a Molly tal cosa, y menos con su padre recién operado. ¿Quién cuidaría a Rachel por las tardes?

—De ninguna manera, señor Miller. Esto no está en mi contrato. Busque a otra persona.

Me levanté y salí de su despacho rápidamente. Cerré con un portazo. Escuché que gritaba mi nombre, pero lo ignoré. Estaba muy enfadada. ¿Por qué razón Miller pensaba que podía disponer de mi tiempo a su antojo?

Me senté frente a mi ordenador. Aunque fui incapaz de concentrarme. Las horas transcurrieron y mi jefe no volvió a acercarse a mí en toda la mañana. Tuve miedo. En seguida me arrepentí de haber sido tan brusca. ¿Y si me despedía? ¿Y si me negaba esos días libres que tanta falta me hacían?

Como por instinto, abrí la bandeja de entrada de mi correo electrónico. Atónita, vi un correo de mi jefe. Un correo repetido varias veces.

"Le pagaré bien".

"Negociaremos los horarios".

"Cuando mejor le venga".

Se habían acumulado unos diez correos suyos en mi buzón. ¡Por el amor de Dios! ¿Acaso no podía encontrar una profesora de francés en otro lugar? Estaba segura de que había miles, millones.

Además, era mi jefe. Y no me convenía entrar en su casa, ni conocer a su hija ni nada que pudiera permitirme saber más de la cuenta de él. No me beneficiaba. En absoluto.

¿Y si sucedía algún contratiempo? ¿Y si su hija se portaba mal conmigo? ¿O si ella suspendía? ¿A quién le echarían la culpa? ¿A quién despedirían?

De ninguna manera podía prestarme a ello. Estaba convencida de que John Miller era perfectamente capaz de encontrar a otra persona igual, e incluso mejor cualificada, para llevar a cabo tal tarea —y de paso asumir también las responsabilidades y consecuencias, buenas o malas, de aquella—.

Decidí ignorar sus emails para continuar centrada en mi trabajo.

La mayoría de mis compañeros —con los que mantenía una relación profesional, sana y sobre todo, superficial— salieron a comer a las tres de la tarde. Yo no tenía hambre, así que aproveché para adelantar algunos asuntos que tenía pendientes.

Miré de reojo hacia el despacho de John, a quien pillé observándome con una expresión indescifrable.

Retiré mi mirada inmediatamente. Supe, no obstante,

que estaba jugando con fuego. No me hizo falta acercarme para saber que sus ojos habían virado del azul pálido al añil intenso.

Solté un respingo cuando le vi salir de su despacho, cubierto con su abrigo austriaco y con un maletín oscuro en la mano.

—Que pase una buena tarde, Praxton —se despidió él al pasar frente a mi mesa.

Literalmente, alucinada, le vi alejarse por el pasillo. Era la primera vez en varios años que el señor Miller se marchaba tan temprano.

Juré que jamás había tenido un día tan estresante en el trabajo. Aunque a pesar de todo, mi jefe me había dado tres días libres, y los aprovecharía para llevar a Rachel al médico. Recé porque a John Miller se le olvidase pronto la locura de meterme en su casa para enseñarle francés a su hija.

3

Cuando abrí la puerta de mi apartamento, deseé que Rachel hubiese tenido un buen día, sin sustos.

Por primera vez en mucho tiempo, llegué a mi casa completamente falta de energía y con la absoluta necesidad de meterme en la cama y dormir.

Me di cuenta de que discutir con el señor Miller me había puesto en un estado de tensión insoportable.

Nada más dejar mi abrigo en el armarito de la entrada, mi hermana irrumpió en el salón luciendo una enorme sonrisa.

—¡Sarah! ¡Sarah! —gritaba ella entusiasmada.

Suspiré de alivio al ver que tenía mejor cara que el día anterior y que estaba relativamente contenta.

—¿Qué tal cielo? —pregunté mientras le acariciaba la mejilla.

—Tengo una sorpresa para ti —dijo mi hermana

con una gran sonrisa.

La observé, expectante. Tal vez me hubiese hecho un dibujo de los suyos. Me encantaban los elefantes que pintaba Rachel. Siempre tenían las orejas enormes y la trompa muy corta. "Para que no se les enrede en los pies", decía ella.

—¡Ha venido a verte tu amigo John! —exclamó, orgullosa de darme aquella noticia.

"John". Aquel nombre resonó en mi mente con fuerza. Varias veces. Al principio no lo encajaba. ¿A qué John conocía yo que pudiese estar en mi casa?

Sí, cierto era que teníamos un primo lejano llamado John. Pero vivía en Europa y apenas le había visto dos veces en toda mi vida.

El único hombre que podía pisar mi casa sin extrañarme era Charlie, mi exnovio. Con quien decidí terminar la relación cuando mis padres fallecieron.

Yo tenía que dedicarle mucho tiempo a mi hermana y él no estaba conforme. No quiso reconocerlo, pero cada día estaba más distante y nos veíamos menos. Y yo no podía obligarle a compartir mis obligaciones. Rachel era mi hermana y mi prioridad, y el hombre que quisiera compartir mi vida conmigo, tendría que asumirlo de buena gana.

Charlie lo comprendió y desde entonces somos buenos amigos.

Pero Charlie no se llamaba John.

—Hola Sarah —dijo una voz masculina.

Elevé la mirada y entonces lo vi. A él. En *mi* cocina. En *mi* casa.

El elegante abrigo largo de paño austríaco caía casi hasta los pies del señor Miller, quien me estaba clavando sus ojos azules sin piedad alguna. Su elegante silueta contrastaba con lo desgastado de la madera de la puerta y con la alfombrilla vieja que había justo antes de entrar en la cocina.

Por un instante me quedé paralizada.

Tuve ganas de lanzarme contra él, gritarle y agarrarle por el pescuezo por atreverse a inmiscuirse en mi intimidad.

Pero no dejaba de ser mi jefe y aquello no me convenía.

Tuve que conformarme con un:

—¿Qué demonios hace usted aquí? Estoy ocupada —fue una manera sutil de decirle que sobraba en mi entorno doméstico.

Me aproximé hacia él para ver si Molly estaba también en la cocina. Efectivamente. Allí estaba, sentada, frente a dos tazas de té y con cara de no haber podido evitar todo aquel desastre.

Miller me agarró del brazo con suavidad.

—Ven, vamos a sentarnos. Quiero que hablemos.

Me solté bruscamente.

—Estoy segura de que podemos hablarlo mañana en la oficina —dije sin mirarle.

—No. No me gustaría que la gente murmurase acerca de usted. Ya sabe, no quiero extender rumores falsos.

—Por el amor de Dios, Miller —fue la primera vez que utilicé su apellido a secas, sin antecedentes ni precedentes —.Soy su secretaria, llevamos años trabajando juntos, nadie se va a escandalizar si me ven hablando con usted. ¡Váyase! Mañana me contará lo que sea.

Había querido ser desagradable, pero me había salido un tono más maternal de lo previsto.

Mientras tanto, él ya se había sentado en mi pequeño sofá. Y esperaba que me sentase a su lado.

Yo comenzaba a sospechar que el asunto que le había traído hasta mi casa no era otro que el del famoso examen oral de francés de su hija.

—Por favor, señorita Praxton. Sólo serán unos minutos y me marcharé —insistió él sin elevar su tono de voz.

La voz de John Miller, a pesar de ser directa y autoritaria, nunca se elevaba.

Jamás le había oído gritar –a excepción de mi nombre el día que me negué a darle clases a su hija–. Ni dirigirle una mala palabra a nadie.

El señor Miller tenía el don de hacer saber cuándo no estaba conforme con solo una mirada. Y lo cierto es que se hacía entender con mucha eficacia.

Entonces me dirigió una de aquellas miradas.

Y yo tomé asiento a su lado.

—¿Por qué no me había hablado del problema de su hermana? Es más, ni siquiera yo sabía que tenía usted una hermana —comenzó él.

Enarqué una ceja.

—Nunca me preguntó —contesté asépticamente.

Curiosamente, el señor Miller no fue capaz de sostener mi mirada en aquel instante. Le vi observar mi pequeña televisión –que sería de las pocas que quedaban en el país que utilizase rayos catódicos para funcionar–.

—Que yo sepa le pago suficiente dinero como para que pueda usted vivir mejor —dijo él después.

Aquello terminó por indignarme.

—Yo decido en qué gasto el dinero que me paga. Y le puedo asegurar que todas mis necesidades están cubiertas, de sobra —al ver su mirada amenazante, añadí cautelosamente —.No tiene usted por qué preocuparse, John.

Y de pronto me dedicó una sonrisa de medio lado.

Y yo resoplé.

Me agotaba tratar con él durante tanto tiempo seguido. Normalmente me pedía cosas y yo las hacía. No charlábamos nunca. O al menos no de manera habitual.

Y si lo hacíamos, nos limitábamos a comentar cosas superficiales e intranscendentes como el tiempo, el frío, la comida del restaurante del edificio y poco más.

—¿Y su hermana está bien? Me ha sorprendido mucho el llegar y verla, Sarah. De veras, no sabe cuánto siento no haberle preguntado antes.

Le volví a mirar con un despunte de indignación en mis pupilas. Mi hermana era mi responsabilidad y formaba parte de mi vida personal y privada. Una vida en la que mi jefe no tenía ni iba a tener ninguna cabida.

Y me estaba friendo los nervios a base de dar rodeos porque simple y llanamente no se atrevía a preguntar por las malditas clases de francés.

¡Por el amor de Dios! Parecía tenerme más miedo a mí que a todos los peces gordos con los que trataba todos los días.

Sonreí. Y decidí facilitarle el trabajo.

—No voy a darle clase a su hija. Ni lo sueñe. Es usted una de las personas más importantes de este país y soy incapaz de creer que no conoce a ninguna profesora excelente, capacitada y honorable que pueda ser capaz de volver a su hija trilingüe si es necesario.

Me mantuve firme. Mirándole. No desvié mis iris verdosos ni un milímetro y tampoco me tembló la voz.

Quería aclarar las cosas de la manera más eficaz

posible: a la manera Miller.

Él clavo sus ojos azules en mí con aire retador. No estaba dispuesto a dejar las cosas así.

Ambos nos encontramos sin querer en una guerra silenciosa de miradas.

—Verá, Sarah. Usted es muy lista y le confirmo que efectivamente, he contado con las mejores profesoras de este país y del extranjero. Francesas, americanas, una italiana y dos inglesas. Este va a ser el cuarto año que mi hija repite ese examen y no tengo más opciones. Usted es la única persona en este mundo que habla francés lo suficientemente bien como para que ella apruebe.

Reí, casi histéricamente.

—Qué bien. Soy plato de tercera mesa... ¿Quinta mesa, tal vez? Muy bonito, señor Miller. Gracias por considerarme como su última opción.

—Es que ese no es su trabajo. Su trabajo está conmigo, no con mi hija. Pero esto se trata de una situación excepcional —se defendió mi jefe.

Aún nos mirábamos, amenazantes.

—Y dígame, John. Si yo falto de mi casa todas las tardes durante un mes... ¿Va a venir usted a ocuparse de Rachel?

A John Miller se le borró la sonrisa de la cara. Claramente le había pillado desprevenido. "Alguien tiene que responsabilizarse de mi hermana", pensé yo.

Sonreí, triunfante ante su falta de respuesta.

—Si es necesario, Sarah, vendré a ocuparme de ella.

Y, entonces, la sonrisa se esfumó de mi cara también. No daba crédito a sus palabras.

—¿Está loco? No me fiaría de usted ni en un millón de años para cuidar de Rachel —aquel comentario escapó de mi boca sin pasar por el filtro de mi cerebro antes.

—¡Ni siquiera me conoce! Además, a su hermana le he caído muy bien —dijo él, provocándome.

Y de fondo, para arreglar la penosa situación, se escuchó un gritito:

—¡John me ha regalado un boli! ¿A qué es genial? —mi hermana había decidido intervenir en la conversación.

—¡No te metas Rachel! ¡Esto son cosas de mayores! —grité, fuera de mí.

John posó su mano sobre mi antebrazo y lo acarició sutilmente.

Me desconcertó aquel gesto. Pero no me aparté del contacto.

—Tranquila, no te alteres. Ella no tiene la culpa de que me haya presentado sin avisar. He sido muy brusco, perdóname Sarah.

Automáticamente había dejado de hablarme de usted. Al verme tan nerviosa. La situación se me había escapado de las manos.

29

—Sí, ha sido demasiado. Ya nos veremos mañana en la oficina —respondí en un susurro.

Entonces John se levantó, se despidió de Molly con un cordial "ha sido un placer" y abandonó el apartamento. Yo ni siquiera me levanté del sofá para acompañarle hasta la puerta.

A los cinco minutos, Rachel llegó corriendo al salón con una hoja de papel en la mano.

—¿Dónde está tu amigo John? —preguntó ella visiblemente frustrada al no encontrarle allí.

—Se ha marchado —respondí, con la mirada perdida.

—Pero le había dibujado un elefante. ¡Mira Sarah!

Entonces puso ante mis ojos aquel folio con un magnífico elefante de color rosa con una trompa minúscula y una gran sonrisa. En la tripa del elefante ponía: John.

Me empecé a marear.

Afortunadamente Molly intervino a tiempo.

—Rachel, cielo… No le has pintado el cielo al dibujo, ni un sol. Anda, ve a tu cuarto a terminarlo —le dijo ella con cariño.

Después, se sentó a mi lado y me dijo:

—Respira. Inspira. Espira. Ya se ha ido. Sarah, tranquila.

—No sé cómo se ha atrevido a venir aquí. ¿Es

que…? Yo entiendo que es un hombre acostumbrado a conseguir lo que quiere a base de insistir. Le conozco y le admiro. Pero no se puede forzar a las personas. ¡No se puede! ¡Es que lo mato! ¡Juro que lo mato! —empecé gritar.

—Siento haberle abierto la puerta —dijo Molly apesadumbrada.

Negué con la cabeza.

—Tranquila. Es solo que me da rabia que haya visto a Rachel. Ahora no dejará de tenerme lástima y lo que menos necesito es que me tengan lástima. ¿Entiendes? Yo quiero a Rachel y no me avergüenzo de ella, para nada… Pero no sé si es buena idea que la gente con la que trabajo conozca mis problemas personales.

—Te entiendo —afirmó Molly, quien me había pasado el brazo por los hombros —.Te he preparado una valeriana mientras charlabas con el señor Miller.

—Gracias —le susurré a la joven mientras recordaba el elefante rosa con el "John" tatuado en la barriga.

Molly me trajo la taza con la infusión.

—Escucha, Sarah. Yo podría quedarme con Rachel por las tardes… Me la puedo llevar a mi casa y podemos estar las dos con mi padre. No tendré mayor problema.

Me giré hacia ella.

—No voy a darle clase de francés a la hija de

Miller. Se las apañará. No puedo ceder a esto, Molly. Si no, ¿qué me pedirá mañana? ¿Qué haga el pinopuente en su despacho? Y lo peor es que le habré acostumbrado mal y lo tendré que hacer.

Molly echó a reír.

—Tal vez estés exagerando. Imagínate lo desesperado que tiene que estar para venir aquí a suplicarte —razonó ella.

Realmente, las palabras de Molly tenían sentido. Además, yo conocía a John Miller lo suficiente como para saber que era muy poco habitual que hiciese justamente lo que acababa de hacer: rebajarse a suplicar, a ir a la casa de alguien a pedir un favor.

Rachel apareció de nuevo en el salón y se sentó a mi lado. Con ella, Molly y yo, el sofá estaba completamente ocupado. Sólo cabíamos en él tres personas.

—Mañana va a volver John, ¿verdad Sarah? —preguntó mi hermana inocentemente —. Mira… ¿A que es bonito?

Observé el bolígrafo que, al parecer, John, le había regalado. No salí de mi asombro cuando comprobé que aquello no era un bolígrafo, si no su pluma estilográfica. Que incluso llevaba su nombre grabado. Siempre firmaba los documentos con ella. Era algo así como un amuleto.

—Oye, Molly… ¿Por qué John le ha regalado esto a Rachel?

Ella se encogió de hombros

—Es mi culpa Sarah… Se lo cogí del bolsillo y me gustó y como a él le daba pena quitármelo, me dijo que me lo regalaba… Con la condición de que la cuidase bien —me explicó Rachel magistralmente.

—¿Le hurgaste los bolsillos a mi "amigo John", Rachel? —pregunté con incredulidad. Sería la única persona en el mundo entero que se atrevería a hacer aquello.

Intenté tranquilizarme.

Estaba segura de que de un momento a otro me desmayaría del susto.

—Sí… Pero no se enfadó. Le pareció divertido ––se disculpó ella.

Entonces eché a reír –básicamente por no llorar–. Dejé de plantearme si todo lo que había pasado tenía alguna razón de ser , porque aquel cúmulo de despropósitos que se había sucedido durante el día iba a volverme loca. Empezando por mi jefe pidiéndome dar clases de francés, mi jefe en mi casa, mi hermana metiéndole las manos en los bolsillos a mi jefe y luego dibujándole un elefante. Y mi jefe acariciándome el brazo para tranquilizarme.

Sí, demasiados despropósitos en demasiado poco tiempo.

—Anda cielo, ve a ponerte el pijama —le dije a Rachel con las pocas fuerzas que me quedaban.

Suspiré. Le devolvería a John su estilográfica y, sólo porque a Rachel le había caído simpático, accedería a enseñarle francés a su hija.

—¿De verdad no te importa quedarte por las tardes con Rachel el mes que viene? —le pregunté a Molly —.Sé honesta, si no te viene bien, no tienes por qué hacerlo.

Y ella sonrió.

—Claro que no me importa. Además, tal vez te diviertas dando clase. Tú no te preocupes, yo me encargaré de todo y te llamaré si tengo algún problema —me aseguró la joven.

La miré con pesadumbre. Y después dije:

—Soy estúpida. Seguro que dentro de dos meses estaré haciendo el pino contra la pared en su despacho mientras le coso el bajo de los pantalones – –vaticiné.

Molly estalló en carcajadas.

—Lo que necesitas es descansar —me dijo ella.

Rozando el cielo

4

Había guardado la pluma estilográfica del señor Miller en un estuche de terciopelo que había pertenecido a una de las pulseras que me habían regalado hacía muchos años por mi graduación. Después, había metido el estuche en mi bolso, justo antes de salir de casa.

Caminé hacia mi mesa de trabajo. Eran las ocho menos cuarto de la mañana y la mayoría de mis compañeros no habían llegado aún.

A excepción de *él*.

Dejé mi bolso negro sobre la mesa, lo abrí y saqué el estuche negro, forrado por dentro de terciopelo rojizo, envolviendo con cuidado la pluma de John Miller.

En aquél impás me percaté de que había algo sobre mi silla.

Algo muy grande que solo yo había sido capaz de pasar por alto estando tan distraída.

Un elefante de peluche gigante. Rosa.

—¿Pero qué demonios…? —murmuré.

Me acerqué y acaricié con la mano la oreja de aquel muñeco tan enorme.

Vi que tenía una tarjeta grapada a la etiqueta.

"Acepta esta disculpa. Es para Rachel.

John."

Estrujé la oreja del elefante entre mis manos, pensando que era la oreja de John Miller. Se la hubiese arrancado de cuajo, con gusto. Después respiré hondo y me esforcé por reconocerme a mí misma que aquel era un detalle muy tierno por su parte, pero que por motivos profesionales me veía obligada a rechazar.

"A Rachel le encantaría, desde luego", pensé.

No obstante, me deshice rápidamente de aquella idea y agarré el elefante por la trompa para dirigirme cargando con él al despacho del señor Miller.

Por primera vez en tres años, abrí la puerta sin llamar.

—Sarah —dijo él sorprendido al verme sosteniendo aquel peluche con cara de pocos amigos.

Estaba concentrado y no se había dado cuenta de que yo había estado observando con desconfianza dicho elefante durante algunos minutos antes de irrumpir en su templo sagrado/despacho.

—Disculpe, señor Miller. Vengo a devolverle dos cosas: este elefante y su estilográfica, que tan amablemente prestó ayer a Rachel —dije de carrerilla.

Él me observó, aturdido.

—Sarah, estoy ocupado ahora. Hablaremos más tarde —me cortó él, devolviendo su mirada a la pantalla del ordenador.

Me armé de valor para responder:

—Eso mismo le dije yo ayer cuando vino a mi casa: que estaba ocupada… Y que yo sepa usted no se marchó al minuto.

John Miller volvió a mirarme, pero aquella vez con el turquesa intenso brillando en sus ojos. Pocas veces un color tan bonito y llamativo ha podido intimidar tanto y a tantas personas. Sin embargo, decidí ignorarlo. Quería hacerle saber que mi tiempo era valioso.

Tanto como el suyo.

—Sarah, ayer tú tendrías que fregar los platos. Pero yo hoy tengo que dirigir mi empresa.

"¡Machista!" vino a mi cabeza. Pero no lo dije en alta voz.

—Mis platos son tan importantes como su maldita empresa —espeté —.Y mi tiempo vale igual que el suyo. Y si quiere que le dé clases a su hija, va a tener que ser más respetuoso con ello.

Entonces dejé el elefante encima de su teclado, tapándole la pantalla y puse su estilográfica en el primero de los cajones de su escritorio. Todo ello mientras él me observaba completamente anonadado —e incluso asustado—.

Después salí del despacho y cerré con un sonoro portazo. Supe que estaba poniendo en peligro mi puesto de trabajo, pero ya bastante me estaba costando no gritarle en la cara que se estaba comportando como un idiota caprichoso de veinte años, machista, mimado y narcisista. Ah, y egoísta.

Jamás antes me hubiese atrevido a tratarle de aquella manera, pero todo había cambiado cuando él había decidido presentarse en mi casa, irrumpiendo en mi vida privada y pasando automáticamente a formar parte de ella —con la consecuente pérdida de respeto que aquello podía conllevar—.

"Es culpa suya", pensé para tratar de auto-darme la razón.

Me senté en mi mesa. Encendí mi ordenador y procedí a continuar diseñando el PowerPoint que había dejado a medias el día anterior. Después me pregunté si no me estaría equivocando. Si no habría hecho mal accediendo a ayudar a John Miller con su hija.

Me concentré en la diapositiva que tenía frente a mí, en el monitor. Amenazándome con hundirme en la miseria. Estaba tan alterada que era incapaz de saber dónde podía insertar un gráfico ni cómo se seleccionaba un superíndice.

"Cálmate Sarah", me dije a mí misma.

¡Pero cómo iba a calmarme! En pleno furor nervioso,

estando en caliente y de muy mala leche, y sobre todo: sin pensar, le había colocado un elefante de peluche rosa y enorme encima del teclado al mismísimo John Miller. Posiblemente habría caído sobre alguna tecla extraña y tal vez hubiese eliminado algún archivo importante.

—Eres idiota Praxton —me dije en voz alta —. Idiota.

Se escuchó el estruendo de unas bisagras girándose demasiado rápido. Una puerta abierta con brusquedad.

—¡Praxton! ¡A mi despacho! ¡Ya! —me gritó John.

Mis compañeras, quienes habían llegado más tarde del incidente elefantil, desconocían el por qué del comportamiento del jefe y me miraron escandalizadas.

Tragué saliva. John Miller jamás gritaba. Excepto hoy.

Temblando como una epiléptica, me levanté de mi silla y avancé hacia su despacho. Él me esperaba apoyado en el umbral. Me hizo pasar antes de que el cerrase la puerta: parecía un caballero.

Un caballero cabreado.

—Siéntate Sarah —dijo, una vez echado el pestillo de la puerta.

Me estaba hablando de "tú". Posé mi culo sobre la silla y miré hacia el suelo.

Él se sentó a mi lado –no al otro lado de la mesa,

como solía venir haciendo—. Entonces me asusté (aún más). Me mantuve en silencio y él me observó durante algunos minutos, también sin decir nada. Intuí que mi jefe estaba tratando de controlar su temperamento para poder hablar conmigo sin rugirme.

—Creo que ambos hemos sido poco elegantes ——comenzó el señor Miller.

Le miré a los ojos, de soslayo y luego desvié mi mirada hacia una de las paredes. Pero no respondí.

—Me gustaría que viniera la semana que viene, una tarde. Para conocer a mi hija antes de empezar las clases —continuó él.

Y volvía a hablarme de usted. Era señal de que su explosión temperamental había comenzado a atenuarse. Respiré con más facilidad. El alivio se extendió por mi cuerpo.

—La semana que viene usted me dio tres días libres, ¿recuerda? —dije yo rápidamente.

Mi jefe frunció el ceño.

—¿Ah, sí? —preguntó él, pensativo.

—Sí, me dijo que no tenía ni que pedirlo. Que por supuesto que me los daba —le recordé yo, temiendo porque ahora se arrepintiese de aquella decisión.

—Entiendo —respondió él, poco convencido —. Sí, creo que ya sé de lo que está hablando.

Yo supe que él no tenía ni idea de a qué me refería.

Me di cuenta de que mi jefe no recordaba aquella parte de la conversación –que precedió al tema de las clases de francés–, pero pese a todo, no estaba dispuesto a reconocerlo y gracias a ello, no me quitaría mis días libres.

—Pues venga usted esta misma tarde —propuso John.

Agrié el gesto.

—Parece mentira que haya estado usted en mi casa ayer mismo y haya podido comprobar cuáles son mis responsabilidades familiares. No iré esta tarde, señor Miller —añadí con convencimiento.

—¡Está bien Sarah! ¡Pero no se exalte tanto! Me estresa cuando se altera.

Abrí mucho los ojos al escuchar aquellas palabras. John me observaba, fijamente. Pero era cierto que le estaba costando tratar conmigo más de la cuenta. Incluso yo me daba cuenta de que no era normal que entre nosotros hubiese tantísimas dificultades para comunicarnos.

—Yo no me altero John —me atreví a utilizar su nombre pila —.Simplemente usted está más sensible de lo habitual.

Y entonces mi jefe echó a reír.

—Tal vez tengas razón, Sarah. Entonces dime, ¿qué día te vendría bien venir a mi casa para conocer a mi hija? Antes del mes que viene, si te es posible —se forzó él a preguntar.

Por el tono de voz que había utilizado, tan suave, y a la vez tan sarcástico, supe que le estaba costando mucho asumir que yo tenía mis necesidades y mi vida personal y odiaba a horrores tener que acoplarse a ellas.

En general, John Miller detestaba adaptarse a todo aquello que no fuesen sus propias necesidades. Odiaba los horarios que no cuadraban con su estilo de vida: pero los respetaba si su empresa dependía de ello —aunque de muy mal humor—. Y así sucesivamente.

Se notaba que era un hombre acostumbrado a marcar el ritmo de él y de todos los de su alrededor.

Ah, no. Pero Rachel tenía su propio ritmo y ella era mi prioridad, no John. Y eso era algo que mi jefe tendría que asumir —al menos mientras durasen las clases de francés de su hija—.

—Iré dentro de dos semanas. Este lunes, no. El siguiente. ¿De acuerdo? —señalé.

John Miller asintió despacio. Pero entonces.

—Sarah, tú misma concertaste una reunión para ese día y me gustaría estar presente cuando conozcas a mi hija. Será mejor el martes —estableció él con su tono autoritario.

Le miré fijamente. Enarqué una ceja de una forma extraña, de la misma manera que lo hacía mi madre cuando mi tono de voz se excedía de lo permitido y me estaba rifando un castigo monumental.

Y, sin saber cómo había pasado, John añadió:

—¿Le importaría a usted, señorita Praxton, si es tan amable, pasarse el martes por mi casa en lugar del lunes?

Jamás pensé que mi mirada de malas pulgas tuviese tanto poder. Entonces me vi obligada, ante aquellas buenas maneras, a acceder.

—Está bien, el martes.

Sus ojos azules adquirieron un tono pálido y relajado casi de manera instantánea. Después, el señor Miller se levantó y se sentó en su trono habitual, al otro lado de la mesa. Supe que habíamos recuperado el rol jefe–asistente.

—A las cuatro necesito que me pases el teléfono del coordinador de la obra de Túnez.

—Sí, señor Miller.

—Puede retirarse, Praxton –John Miller dio por finalizado nuestro encuentro.

Me levanté y salí de su despacho –tuve que quitar el pestillo para abrir la puerta–.

Volví a mi silla y de pronto supe a la perfección cómo manejar el Power Point. Mis nervios se habían esfumado y era capaz de pensar con claridad.

A excepción de mi corazón, que aún se mantenía latiendo a ritmo de galope por culpa de la adrenalina.

Fui consciente de que, durante el resto del día, John Miller me tuvo muy vigilada. Siempre que yo miraba hacia su despacho, le pillaba observándome y él retiraba su mirada rápidamente en un vano intento por disimular.

5

La semana siguiente me resultó muy estresante. John me trató de una manera mucho más fría y dura que de costumbre –supongo que en un intento por reafirmar su poder después de la pequeña escaramuza que había sufrido nuestra relación–.

Sin embargo, yo me comporté como si no hubiese cambio alguno. Sonriente y dócil, le entregaba los informes y las diapositivas de manera puntual y manejaba su agenda tan eficazmente como lo había venido haciendo los tres años anteriores –e incluso más–. A pesar de todo, parecía que cuanto más amable me mostraba yo, más desconcertado se sentía él.

Por fortuna, llegaron mis esperados días libres. Molly se fue con su padre al hospital y yo me quedé en casa con Rachel.

Y lo más importante: perdí de vista a John durante

algún tiempo. Cada día me resultaba más agotador tratar con él y fingir que estaba encantada de que sus ojos brillasen con tanta intensidad cada vez que me miraba. Era agotador que mi jefe quisiera asesinarme a cada instante de su existencia por haberle obligado a suplicar unas clases de francés.

Sí, era mejor que me perdiese de vista unos días.

Mientras tanto, yo había concertado cita con el neurólogo para mi hermana y ya íbamos justas de tiempo.

—Nos vamos ya Rachel. Apaga la tele, cariño —le dije mientras rebuscaba el teléfono móvil en el bolso.

Había llamado a un taxi para que nos llevase hasta la clínica, la cual estaba demasiado lejos de casa y además, muy mal comunicada en cuanto a transporte público.

—¿Me puedo llevar el cuaderno de pintar Sarah? —preguntó ella.

—Cógelo y date prisa, que el taxi nos está esperando en la calle —respondí yo, agobiada.

Rachel salió disparada hacia su cuarto y dos minutos después estuvo lista para salir, con su abrigo puesto y un cuaderno de tapas rosas con corazones en una mano; más una caja de ceras de colores en la otra. Bajamos en el ascensor y salimos a la calle. Ambas nos subimos en el taxi y éste arrancó.

Media hora después, nos encontrábamos ya sentadas en la sala de espera para las consultas de neurología.

Aquel lugar siempre me hacía reflexionar.

Rachel estuvo muy tranquila todo el rato: pintando, jugando con las construcciones que había especialmente para los niños y pintando otra vez.

Era una niña que tenía muy buen carácter. Porque a sus catorce años, con el retraso mental que acarreaba, no se le podía pedir más madurez que a un crío de seis. Pensé que tal vez hubiese debido plantearme volver a pagar una escuela especial para ella, pero era excesivamente cara y mis recursos, aunque suficientes para vivir cubriendo nuestras necesidades, no llegaban a tal punto.

A fin de cuentas, Molly trabajaba mucho con ella: trataba de enseñarle a leer y a ser independiente —en la medida de lo posible— para vestirse, asearse, lavarse los dientes… E incluso le había enseñado a cocinar. A mi hermana le encantaba mezclar la masa para hacer bizcochos —luego había que lavar su ropa para quitar la harina, el huevo y la mantequilla que se había huntado por los pantalones—.

Después, junto a Rachel, esperaban para la consulta otros niños, también con diversos problemas. Aquellos que esperaban paralizados sobre una silla de ruedas, con una expresión facial perdida de la mano de Dios, eran los que más me partían el corazón. Ellos y sus madres, quienes se peleaban con ellos para que comieran algo de yogur mientras esperaban su turno. Imaginé la vida de aquellas familias.

Se me antojó diferente del resto de personas y muy dura. Pero por cómo les trataban, advertía que sus padres les daban muchísimo amor. Y yo me preguntaba, ¿quién le daría el apoyo necesario a estos padres? Y entonces, en mitad del consultorio, a mí se me llenaban los ojos de lágrimas y me veía obligada a simular un estornudo para fingir alergia. Y no sólo por lo emotivo de la situación, si no porque no se me ocurría nada mejor que empezar a recordar a mis propios padres y todo el cariño que nos dieron a mí y a mi hermana mientras vivían.

—Rachel Praxton —anunció la enfermera.

Me levanté de la silla metálica y fui a buscar a mi hermana, que estaba absorta peleándose con otra niña por ver quién de ellas tenía más pinturas de diferentes colores.

—¡Espera Sarah! Dile a Mimi que tengo hasta cien lápices de colores en casa.

Mimi era una de las pequeñas que también esperaba su turno para entrar en la consulta. Tendría unos siete años y su madre me había comentado que la niña sufría unas migrañas terribles que no respondían casi a ningún fármaco.

—Rachel, es nuestro turno —razoné con ella —.Estoy segura de que vuestras pinturas, tanto tuyas como las de Mimi son preciosas. ¡Y levántate que acabas con mi paciencia!

En ocasiones tenía que ponerme seria con mi

hermana. No dejaba de ser una niña y como buena niña que era, le encantaba poner a prueba mis límites.

Rachel me miró con respeto y obedeció. Me dio la mano y entramos juntas en la consulta de la doctora Tyler.

—¡Rachel, cariño! ¿Cómo estás? —la neuróloga se levantó a saludar a mi hermana, quien la correspondió con una enorme sonrisa.

—Te he dibujado un elefante azul Rose —le dijo ella mientras arrancaba la hoja con el elefante del cuaderno.

La doctora cogió la hoja y abrió mucho los ojos.

Rachel cielo, tienes que hacerle la trompa más larga al pobre elefante.

—Lo sé, pero así no se enreda en las patas… Porque si es muy larga, se puede tropezar… Y si se cae… vaya faena —argumentó mi hermana haciendo aspavientos de preocupación con ambas manos.

Eché a reír.

—Anda, siéntate —le dije.

Ambas tomamos asiento en las sillas granates que había frente a la doctora Tyler.

—Cuéntame, Sarah —me dijo ella mirándome con atención —.Veo que has adelantado la revisión.

—Sí, verás es que noto que Rachel últimamente está más cansada de lo habitual. Menos atenta… Me preguntaba si no sería por la medicación. Tal vez haya que ajustar la dosis.

La neuróloga asintió. Tecleó algo en el ordenador. Y después regresó a la conversación. Mientras tanto, una enfermera se encargaba de pesar a Rachel y de tomarle la tensión.

—Y la menstruación, ¿es regular?¿o le duelen mucho los ovarios?

Reflexioné.

—Lo cierto es que últimamente está muy errática… A veces le viene cada dos meses. Otra cada quince días… Lo que ocurre es que lo he achacado a que aún es muy joven y por eso me parece probable que aún no se le hayan regulado las hormonas — expliqué yo, nerviosa.

—Puede ser —dijo la doctora Tyler —.Pero me preocupa que una de las cosas que toma la esté tocando la prolactina.

—Entiendo —susurré.

Una enfermera con pijama azul se llevó a Rachel para pesarla en la báscula que había justo al lado de la camilla. Cinco minutos después, mi hermana ya se estaba calzando sus deportivas de nuevo.

—Has engordado un poquito —dijo la neuróloga al ver el peso —.Eso también puede ser por la medicación —meditó ella.

Asentí, guardando silencio para que dejarla pensar. Lo cierto es que tanto Molly como yo cuidábamos mucho la dieta de Rachel. Todos los días cenaba

51

verdura y en el desayuno nos peleábamos con ella para que comiese algo de fruta.

Pero aún así, mi hermana de vez en cuando sufría de ataques de hambre voraces, que ya nos había comentado la neuróloga que eran perfectamente normales con toda la medicación que tomaba.

La doctora Tyler terminó de teclear las últimas palabras y nos miró a ambas.

—Vamos a disminuir un poquito la dosis de valproico, por lo que te voy a pedir que la tengas muy vigilada. Si tenemos alguna crisis o algún comportamiento extraño, me lo debes notificar para regresar de nuevo a la dosis de la que partíamos.

—¿Y si tiene alguna crisis? Es cierto que lleva años sin que ocurra… Y no tiene por qué pasar… ¿La traigo a urgencias? —pregunté, poco convencida.

—Sí. Efectivamente, Sarah. También, estáte tranquila, si tuviese algo, sería leve y no debes asustarte, no olvides que está medicada. Es que el valproico puede estarla perjudicando en el peso y puede también tener que ver con las menstruaciones irregulares.

Rachel escuchaba atentamente.

—Y vamos a añadir otro antiepiléptico, para ir sustituyendo poco a poco al valproico. Según bajas la dosis del primero, aumentaremos la del nuevo, ¿de acuerdo?

Asentí. Varios minutos después, ambas salimos de la

consulta, con un puñado de recetas para adquirir el nuevo jarabe. Cogimos un taxi en la puerta de la clínica para que nos llevara de vuelta a casa.

Durante el trayecto reflexioné acerca de cómo explicarle a Molly la nueva pauta de medicinas. Me preocupaba que yo o ella pudiésemos equivocarnos con alguna dosis. Aunque siempre teníamos especial cuidado. Además, solíamos apuntar los días que ella se comportaba de manera extraña, o cualquier cosa que nos extrañara y que pudiera deberse a su patología en concreto o a la medicación que tomaba.

Tras media hora en la carretera, el taxi nos dejó frente al portal de mi edificio. Pagué al taxista y mi hermana y yo cogimos el ascensor hasta el último piso.

Abrimos la pesada puerta de metal pintada de granate y rebusqué en mi bolso hasta encontrar las llaves de casa.

Rachel comenzó a tirar de la manga de mi abrigo.

—Sarah… Sarah… ¡Mira quién está aquí! —gritó ella con entusiasmo.

—Espera nena, no encuentro las puñeteras llaves… —susurré yo, ignorando a medias sus palabras.

—Hola Sarah —dijo una voz masculina detrás de mí.

Fue repentino. Inesperado. Y yo me sobresalté tanto, que no sólo dejé caer las llaves al suelo, escaleras abajo, si no que emití un grito de tal magnitud que el vecino de al lado abrió la puerta para asegurarse de que me encontraba bien.

John Miller se apresuró a responder:

—No se preocupe, es solo que sin querer la he asustado. No me esperaba.

Pero mi vecino, el señor Holmes, no conocía a Miller ni sabía quien era, así que desconfió y me preguntó:

—¿Quiere que llame a la policía, Sarah? No dudaré en ayudarla si este hombre la está molestando.

Le miré, asombrada. Incluso me entraron ganas de reír imaginando a John Miller dar explicaciones a la policía de por qué me había arrancado aquel grito.

"Verá, señor agente, es que mi jefe es un esclavista", declararía yo ante las autoridades.

Otro despropósito más a la lista.

—No se moleste, sólo ha sido un susto. Estaba todo oscuro y ya sabe que yo soy muy nerviosa y me sobresalto con nada... —traté de tranquilizar a mi vecino.

El señor Holmes asintió serio y con el ceño fruncido. Observó una vez más a John Miller con una expresión de absoluta desconfianza y cerró la puerta.

—Disculpe, Sarah. Llevaba un rato esperando y me había sentado en el descansillo y como usted iba tan acelerada, no ha debido de verme.

Le clavé una mirada de advertencia antes de deslizarme a su lado para bajar las escaleras.

—¿Qué está haciendo? —me preguntó él con uno tono algo falto de paciencia.

—Pues por su culpa he lanzado las llaves al vacío y han ido a parar al piso de abajo... —le dije a medida que descendía por los escalones.

—No es mi culpa, las ha tirado usted, Sarah — dijo él con cierto tono de indignación en su voz autoritaria.

No me molesté en responder. Me agaché y encontré las llaves justo en el descansillo que había entre ambos pisos y subí de nuevo. Entonces mi hermana se acercó a mi jefe y le miró con ojos de cordero.

No dejaba de sorprenderme la facilidad con la que ella se acercaba al señor Miller, mientras que a mí se me hacían flan los tobillos ante la idea de enfrentarme a él.

—¡John! —gritó Rachel —.¿Ese peluche es para mí?

Por primera vez le presté atención a aquello que colgaba del brazo del señor Miller. Estaba parcialmente oculto por la penumbra que reinaba en el descansillo y por eso no me había fijado en ello antes. Fruncí los labios, enfadada.

—No, Rachel —le dije a mi hermana.

—¿¡¿Qué?!? ¿Por qué? —gruñó ella.

No respondí. En su lugar introduje la llave en la cerradura y abrí la puerta de mi piso.

Entramos todos: primero Rachel, luego yo y después

Miller. Individuo al cual me encontraba tentada de dejar en la calle.

—Yo entiendo que usted tiene muchas obligaciones, señor Miller —le dije mientras me quitaba mi abrigo para dejarlo en el armarito de la entrada —.Así que no alcanzo a comprender a qué se debe el magnífico honor de que se encuentre ahora mismo con nosotras.

Tal vez mis palabras se excedieron en cuanto a cortesía, pues mi jefe ya volvía a lucir el turquesa intenso en sus iris. Lo cierto era que yo en realidad le estaba preguntando que qué demonios pintaba en mi casa otra maldita vez de una manera algo más eufemística. Y al parecer, John Miller había captado la indirecta. Mi jefe se sentó en el sofá sin preguntarme antes. Contuve las ganas de hacérselo saber.

Rachel ya jugaba con su nuevo elefante rosa de peluche y tenía una sonrisa tal que no me sentí capaz de arrebatárselo.

—Sólo he venido a charlar —dijo él mirándome de soslayo.

Resoplé y decidí asumir que el daño ya estaba hecho. Ahora que Miller se había presentado en mi casa ya no iba a poder echarle sin quedar espantosamente mal con él.Me senté a su lado y me resigné a escuchar lo que tuviese que decirme.

—Antes de que conozca a mi hija, necesito que aclarar ciertas cosas con usted —comenzó él.

Me miraba a los ojos, buscando toda mi atención.

Se la di.

—Diga, entonces —lo animé a continuar hablando.

Entonces me di cuenta de que John ni siquiera se había quitado su abrigo austríaco. Me daba miedo que se le estropease al sentarse en el sofá. Así que le interrumpí.

—Oh, por Dios. Deme su abrigo, yo lo colgaré.

El señor Miller, quien iba a hablar, calló de pronto y obedeció. Se me asemejó mucho a un niño pequeño cuando su madre le ordena que se ponga el pijama.

—Traiga —le dije mientras lo sostenía.

Caminé deprisa hacia el armario empotrado que había justo al lado de la puerta de la entrada y colgué con delicadeza aquella prenda en una percha de madera. De esas que te regalan en los grandes almacenes cuando compras algún vestido caro. Regresé de nuevo y me senté frente a él.

De pronto me fijé en su camisa de rayas azul, que hacía juego con sus ojos y su cabello dorado.

El señor Miller era sin duda un hombre distinguido y especial.

—Verá, Sarah… Hay cosas que debe usted saber antes de que le presente a Carla, mi hija.

—Se llama Carla… —sonreí yo —.Es bonito.

Él abrió mucho los ojos, como sorprendido.

—¿Qué ocurre? ¿He dicho algo malo? —

pregunté con preocupación.

Él negó rápidamente con la cabeza y esbozó una media sonrisa.

—Es solo que no estoy acostumbrado a verla tan relajada y de buen humor. Hasta le ha parecido bonito el nombre de mi hija.

Entendí lo que quería decirme.

—Señor Miller, no soy ningún monstruo, es solo que estoy constantemente agobiada porque me ahogan las responsabilidades y a veces, reacciono peor de lo que desearía.

—Sarah, tiene usted un carácter fuerte y a veces, asusta. Reconózcalo al menos —dijo él, como queriendo provocarme.

—Si usted busca ese carácter, señor Miller, le aseguro que lo encontrará, así que por favor no siga por ese camino y diga lo que ha venido a decir.

Él estalló en carcajadas.

—¿Ve? A eso me refería. Es una faceta de usted que no conocía. Y la verdad es que me gusta.

—¿Disculpe? Si no va a hablar de lo que haya venido a hablar, yo estoy muy ocupada. Tengo que ir a la farmacia a comprar un jarabe y pañales de noche para Rachel. Y me voy a ir si usted no va al grano de una puñetera vez —amenacé.

Lo cierto es que, sin quererlo, John lograba sacarme de mis casillas con solo un par de frases ¿Y a qué venía aquello de que le gustaba mi mal carácter?

¿Acaso el señor Miller era masoquista?

A decir verdad, con la de horas que trabajaba, un poco masoquista sí que parecía…

—Está bien, no te alteres más. Sólo quería saber hasta donde llegaba hoy tu paciencia —dijo él, quien misteriosamente seguía sonriendo a pesar de mis malas contestaciones.

—Pues le advierto de que ya queda poca.

Y el señor Miller tuvo que contener la risa de nuevo. Estaba jugando con mis límites. ¿Por qué? ¿Acaso era un crío de cuatro años con ganas de tocar las narices?

—Sólo quería comentarle que Carla es una niña especial. Es algo diferente a otras chicas de su edad… Verá… —entonces John se puso serio—. Mi esposa falleció hace seis años a causa de un tumor cerebral.

Contuve un respingo. Y entonces todo mi mal humor se evaporó.

Rápidamente me di cuenta de lo que John quería decirme: Carla era una niña especial porque había perdido a su madre y probablemente se sintiese muy desamparada sin ella.

—Lo siento mucho —musité rápidamente.

—No te preocupes —me dijo él al tiempo que posaba su mano sobre la mía.

Me sobresalté ante aquel contacto, pero no me retiré.

—Carla ha estado muy sola… Y tal vez yo no he sido el mejor padre —dijo él —.Pero quiero que sepas que aunque ella te lo ponga difícil al principio, luego seguro que se comportará mejor. En cuanto coja confianza contigo, Sarah.

John acarició mi mano sutilmente y luego la soltó. Sentí mi corazón acelerarse. Estaba confundida.

—No se preocupe, señor Miller. Haré todo lo que pueda y si tengo algún problema con ella, confío en que usted pueda ayudarme.

Hice especial énfasis en la palabra "usted" con la intención de recuperar en cierto modo nuestro rol de trabajo. Su cercanía comenzaba a sobrecogerme.

—De acuerdo Sarah, es todo lo que quería comentarle.

Entonces John se levantó del sofá y sin decir una palabra cogió su abrigo del armario y se lo puso. Mientras, yo me levanté para abrirle la puerta.

—Espero que no te cierren la farmacia por mi culpa —dijo él con una sonrisa triste antes de marcharse.

Le vi desaparecer escaleras abajo, en lugar de esperar al ascensor. Cerré con llave.

Y respiré hondo varias veces.

6

Al día siguiente, llamé a Molly a su teléfono móvil para comprobar que la operación de su padre había salido bien.

—¡Molly! Cuéntame cómo estás, cielo... ¿Y tú padre? —la saludé yo efusivamente en cuanto ella cogió el teléfono.

Escuché que se entrecortaba el sonido levemente y luego Molly respondió.

—Todo ha ido genial, Sarah. Está estupendo. ¡Los médicos están contentísimos! Puedes estar tranquila —añadió ella con su voz suave y conciliadora.

—Espero que se recupere bien —dije yo —.Avísame si necesitas cualquier cosa.

—Muchas gracias, Sarah. Te tengo que dejar, pero el lunes nos vemos, ¿de acuerdo?

—Muy bien —respondí, aliviada.

Y ambas colgamos. No le comenté que John Miller había vuelto a aparecer por mi casa. En realidad yo no tenía ganas de tocar aquel tema.

Desde que mi jefe me había contado lo que le había sucedido a su mujer –la madre de Carla–, yo había estado muy preocupada acerca de cómo sería mi primer encuentro con mi alumna. Recordé que cuando yo estaba aún en el colegio, tenía una compañera cuya madre también había fallecido muy joven, a causa de un cáncer de mama.

Se llamaba Lena y se trataba de una chica muy introvertida. Pero era buena persona, y sobre todo, relativamente normal.

A excepción de una expresión facial más triste de lo habitual en una adolescente de trece años y de su afición excesiva a leer –hasta en los recreos tenía un libro en la mano–, a simple vista no se podía adivinar nada extraño en ella.

No era rebelde, ni anárquica, ni llevaba el pelo verde para dejar muy claro que estaba insatisfecha con la vida. Era una niña normal.

Triste y callada, pero de buen corazón.

Recé porque hija de John también tuviese aquel buen carácter. De serlo, no me sería difícil entablar una buena relación con ella.

*

Llegó el domingo por la noche. Yo estaba en la cama, reflexionando acerca de todas las cosas que me había dado tiempo a hacer con los tres días libres que el señor Miller me había concedido. Había llevado a Rachel al médico, había comprado las medicinas, los pañales y había repuesto todo lo que faltaba en la nevera.

Había puesto tres lavadoras y las había planchado enteras. Además, como el miércoles-jueves-viernes se había solapado con el fin de semana, también había podido descansar un poco.

Mientras Rachel pintaba en casa, yo me leía las últimas noticias en la prensa digital para ponerme un poco al día de lo que ocurría en el país.

Y así se sucedió el domingo, en pijama, mi hermana y yo. No pudimos salir a la calle en todo el día porque diluviaba. Así que nos entretuvimos viendo dibujos animados, ella pintando, yo leyendo y comimos macarrones. Estuve muy relajabada durante todo el día.

Sin embargo, cuando ya me encontraba en la cama, camino del lunes por la mañana, los nervios comenzaron a crecer en mi estómago.

Entonces, Rachel llegó a mi cuarto y se abalanzó sobre mi cama.

—Mira Sarah... Este es el elefante que le dibujé a John y el otro día se me olvidó dárselo...

Cogí el folio y observé con diversión aquel animal de panza gigantesca con el nombre de John pintado sobre ella. Los elefantes de Rachel cada vez me parecían más graciosos.

—Ya volverá —profeticé sin mucha ilusión —.Y podrás dárselo.

Vi que mi hermana me miraba apenada. Con aquellos ojos que la hacían parecerse demasiado al gato con botas de Shrek. Odiaba aquella clase chantaje emocional.

—No voy a dárselo, Rach —establecí firmemente.

—Por favor… —susurró ella.

Iba a negarme de nuevo, pero entonces vi que tenía lágrimas en los ojos. ¿Cómo podía ser posible que el señor Miller le importase tanto? ¡Apenas le había visto dos veces en su vida!

—Está bien —cedí a regañadientes —.Déjalo al lado de mi bolso.

Salió corriendo hacia el salón y después volvió.

—¿Puedo dormir contigo? —me preguntó haciendo pucheros.

Entonces sonreí.

—Pero a dormir, ¿eh? Como empieces a hablar te vas a tu cama que ya es muy tarde —le advertí.

Ella se metió bajo las sábanas, a mi lado. Apagué la luz y media hora más tarde…

—Sarah.

—Qué.

Yo ya sabía lo que iba a decir.

—No tengo sueño.

Eché a reír, me di media vuelta y la abracé.

—Lo que tienes es cuento —susurré mientras le hacía cosquillas —.A dormir.

A los diez minutos noté su respiración profunda bajo mi brazo. Y entonces me pude dormir tranquila.

*

Tráfico, ojeras, trenes que se retrasan. Tacones que pesan y pocas ganas de trabajar. Lunes por la mañana.

Me senté en mi silla a las ocho menos veinte de la mañana. Afortunadamente, el padre de Molly se había recuperado bien y ella había podido venir a casa a las siete. John Miller ya estaba inmerso en su pantalla, leyendo números, informes, emails.

Nerviosa, le observé de lejos a través de las persianas grises que cubrían la mampara que separaba su despacho del resto de la planta. Y me arrepentí de haberle prometido a Rachel que iba a entregarle su elefante a John.

¿Qué iba a decirle? "Buenos días, señor Miller. Le dejo aquí el informe de la semana pasada y el elefante azul que ha dibujado mi hermana para usted".

Muy profesional. Mucho. Bufé.

El ordenador ya estaba encendido y las hojas de cálculo de Excel amenazaban con hundirme en la miseria. Traté de concentrarme. Sólo tenía que mover columnas, sumarlas, dividirlas. Simplemente se trataba de organizar los datos.

—¿Qué es esto, Sarah?

Al escuchar mi nombre me giré rápidamente y me encontré con mi jefe, quien sostenía en su mano derecha el famoso elefante de Rachel.

Sonreía.

Tenía una sonrisa tierna. La observé y, sin querer, me dejé hipnotizar por ella. Entonces me miró y yo desperté de aquel lapsus.

—¿Es de tu hermana? ¿O lo has dibujado tú para mí? —preguntó él.

Sentí que enrojecía.

—Tengo cosas mejores que hacer —respondí con un atisbo de indignación en mi tono de voz.

Un atisbo sutil, pero captable.

—Está bien, era solo una broma —susurró él.

Aquel comentario me hizo sospechar que Miller aún continuaba en su particular misión de alcanzar los límites de mi paciencia. Ignoraba por qué narices le parecía tan divertido verme desesperar.

—Es de Rachel —respondí, suavizando mi voz —.Me suplicó que te lo diera de su parte —expliqué.

Entonces, John Miller dobló el dibujo en cuatro partes y lo guardó en el bolsillo de su americana.

—Lo pondré en el despacho que tengo en casa —

—dijo él antes de marcharse y dejarme de nuevo sola con el Excel.

Le vi cerrar la puerta de su templo sagrado. Y entonces inspiré con fuerza, tratando de calmarme. ¿Qué demonios pintaba un elefante de mi hermana en el despacho del señor Miller? Y otro despropósito a la lista, pensé.

Continué trabajando.

Pensé que lo divertido llegaría al día siguiente, cuando tuviese que conocer personalmente a Carla, su hija. Estuve todo el día pensando en ello. Y cada hora que pasaba, mis nervios aumentaban. Por la noche no me quedó más remedio que tomarme una valeriana bien cargada para poder dormir.

*

Martes.

Molly se había traído un pijama a casa. Yo no entendía por qué.

—Sarah, vas a ir a casa de tu jefe. Su hija es complicada, por lo que me acabas de decir… Lo que está claro es que cuando llegues aquí hoy por la noche, vas a necesitar a alguien con quien desahogarte —fue su razonamiento.

Realmente, aquel fue el primer momento en el que me plantée la cuestión de cuál sería mi estado anímico después de conocer a Carla Miller.

Molly siempre era muy precavida y solía solucionar

los problemas con bastante antelación.

—Bueno, pero si tienes que irte a casa a dormir, vete. No quiero perjudicarte, Molly. Además está tu padre... —dije yo.

—Hoy viene una tía lejana a visitarle y cuidará de él mientras yo no estoy, no te preocupes —me tranquilizó ella.

Agradecida porque Molly hubiese decidido quedarse a pasar la noche conmigo y con Rachel, salí de casa y cogí el autobús hasta el centro de la ciudad. Después, entré en el edificio de ciento cincuenta plantas y tomé el ascensor.

Cuando me senté en mi mesa, a las ocho menos cuarto, John Miller no estaba en su despacho.

Fue raro.

—Mal empezamos... Algo malo va a pasar, estoy segura —susurré para mí misma.

Que John no estuviese en su despacho a aquella hora me parecía un mal presagio. Un espantoso presagio.

"A lo mejor está enfermo", pensé. "Una diarrea la puede tener cualquiera", reflexioné después.

Al instante quise quitarme aquella imagen de la cabeza. Encendí el ordenador.

Mis compañeros comenzaban a llegar a sus cubículos. Nadie parecía reparar en la ausencia del jefe.

Pensé que a lo mejor le habían convocado para alguna reunión.

Pero me extrañó.

Los directivos no se reunían nunca tan temprano.

Sólo quedaba la opción de que se hubiese puesto enfermo o de que tal vez, su hija estuviese hospitalizada. Cualquier opción me parecía válida.

Entonces sonó mi Blackberry. La cogí al ver que se trataba de Miller.

Una llamada suya en horario lectivo era de lo más normal –sobre todo si se encontraba de viaje en el extranjero y necesitaba alguna clase de información para trabajar–.

Pero John no estaba en el extranjero.

—Praxton —respondí asépticamente.

—Hola, Sarah. ¿Puedes bajar al hotel a tomar un café? He traído a mi hija para que la conozcas.

Mi mente se quedó en blanco. Me paralicé.

—¿Sarah? —preguntó él.

¿Por qué razón John Miller siempre tenía la absoluta necesidad de sacarme de mis casillas? ¡Habíamos quedado en que la conocería en su casa! ¡Por la tarde! ¡Junto con los libros de francés! ¿Qué demonios pintaba yo tomando café con su hija? ¡Mierda!

Colgué sin responder.

¡Fastídiate Miller!

—Siempre hace lo que le da la real gana. Idiota. Malcriado. Caprichoso —gruñí por lo bajo.

La Blackberry sonó de nuevo. Era él.

Respondí con un:

—Estoy trabajando señor Miller. Y estoy muy ocupada. Le recuerdo que las clases de francés no forman parte de mi contrato laboral.

Y colgué de nuevo. Por el amor de Dios, yo no estaba preparada para conocer a su hija en aquel instante.

Iba vestida de oficina, con falda gris de tubo y una americana negra sobre una camisa entallada blanca.

Mi moño italiano –el cual había aprendido hacer con mi madre– recogía mi melena castaña de manera elegante. Y llevaba una pizca de maquillaje.

Yo había pensado vestirme más informal para dar clase, para darle confianza a Carla. Resoplé.

A quién quería engañar.

No estaba preparada porque no. Porque jamás lo estaría.

Porque tenía el terrible presentimiento de que iba a ser una niña muy complicada de llevar y tomar café con ella sería la primera prueba de fuego. Una prueba a la cual John, con su particular sadismo de jefe, quería someterme.¡Pues no!

La Blackberry volvió a sonar. La cogí, desesperanzada.

—Baja. Ahora —dijo él con un tono de voz canino.

Entonces fue John el que colgó, dejándome con la palabra en la boca.

Contuve un pequeño gemido de miedo y me levanté de mi silla. Cogí mi bolso y caminé hacia el ascensor. Esa voz era peligrosa. Y si tenía instinto de conservación, más me valía obedecer.

"Eso sí, si esto sale mal, la culpa será suya", pensé, depositando toda la responsabilidad de lo que pudiese ocurrir sobre el señor Miller.

*

Cuando llegué a la cafetería del hotel que había varias plantas más abajo, me tranquilicé bastante al ver a John junto a una jovencita de cabello rubio largo y bien peinado.

Era importante que no tuviese el pelo verde –para mi tranquilidad–.

De lejos también pude advertir que se trataba de una chica bastante guapa, de ojos claros – al igual que su padre, pero más verdosos – que llevaba unas perlas en las orejas. Todo muy normal a simple vista.

Me acerqué cautelosamente.

Entonces, John se giró y me interceptó. Caminé más rápido hasta la mesa en la que ambos estaban sentados.

—Buenos días, señorita Praxton —me saludó él con un tono neutral.

—Buenos días —respondí yo, también de una manera fría y distante.

Estaba segura de que su hija se había percatado de la tensión que había entre ambos.

—Esta es mi hija Carla —dijo él, ahora sí, con una sonrisa.

Una sonrisa falsa. Nada que ver con sus carcajadas del otro día cuando me sacó de mis casillas a propósito sólo para divertirse.

Ella se levantó, sonriendo también, y me estrechó la mano. "Demasiadas sonrisas", pensé. "Y estoy demasiado neurótica", pensé después.

Me senté junto a ambos en la mesa.

—Te he pedido un café sólo con hielo, Sarah —dijo él mirándome.

Sus ojos lucían el turquesa más intenso que había visto jamás. Aquello me asustó. Tal vez no debía de haberle colgado el teléfono.

—Gracias —murmuré.

Carla carraspeó. Entonces ambos la miramos, prestándola mucha atención.

—¿Puedo llamarte Sarah? Ese es tu nombre, ¿no? ¿O prefieres secretaria Praxton? —preguntó ella con un tono asquerosamente repelente.

Me armé de paciencia, valor y sobre todo, mucho pero que mucho autocontrol. Con ella no podía permitirme el lujo de perder los nervios, al igual que como me sucedía con su padre.

De hacerlo, me perdería el respeto inmediatamente.

Fríamente respondí con un plano e inexpresivo:

—Como usted prefiera.

Ella me miró con desconfianza. Supe de inmediato que a sus dieciséis años no estaba acostumbrada a que la tratasen de una manera tan distante. Ni mucho menos a que la llamaran "de usted".

Vi que los ojos de John se intensificaban aún más. "A este paso parecerá un subrayador fosforito con patas", pensé mientras trataba de sobrellevar mis nervios.

—Verás Carla, Sarah ha accedido muy amablemente a darte clase, a pesar de sus responsabilidades familiares. Te pediría por favor que la tratases con cariño y respeto. Es una buena mujer — —se apresuró él a defenderme.

Carla sonrió.

Aquel gesto se me hizo más parecido al de una risa satánica que al de la cara angelical de una adolescente.

—Claro que sí, papá. Sólo quería saber cómo llamarla —se disculpó ella.

De nuevo se le escapó otra risita nerviosa.

"Dios mío, está loca", pensé de pronto. "Sarah, cálmate", me dije a mí misma. Entonces vino un camarero y dejó los cafés sobre la mesa.

Carla había pedido un zumo de naranja.

—Sarah, si tomas mucho café seguramente te huela mal el aliento. Y no quiero que me dé clase alguien cuyo aliento apeste —dijo ella antes de sorber de su copa.

No osé mirarla.

Porque de haberlo hecho, la hubiese fulminado. Respiré hondo y me bebí mi café sólo como si no hubiese escuchado nada.

Noté que la pierna de John temblaba bajo la mesa.

Y entonces fui consciente de que él no había sido capaz de imponerse a su hija en su vida y de que ahora, mucho menos, iba a lograr controlarla.

—¿Con qué nota suspendiste la última vez el examen? —le pregunté a Carla, con la mejor de mis sonrisas.

Ella parecía aturdida. Desde luego, había estado provocándome para hacerme saltar.

—Un tres —respondió ella muy seria.

—Entonces tienes trabajo por hacer —respondí yo —.Dentro de una semana empezaré a darte clase y para entonces te pido que te repases bien todos los verbos. Si no, empezaremos mal.

Carla asintió. Pero su mirada era la de un león asesino y hambriento. Supe, entonces, que tampoco estaba acostumbrada a que nadie le diese órdenes.

—Carla lo hará, no te preocupes, Sarah —añadió John, mirándome de soslayo.

Después, fui consciente de que a su padre, por el motivo que fuera, le preocupaba mucho quedar bien conmigo. ¿Por qué si no se encontraba tan nervioso en aquel momento? Parecía que cada vez que su hija abría la boca, él rezaba internamente para que no dijese ninguna barbaridad.

Llevaba tres años trabajando con él, y en aquel tiempo me había acostumbrado a sus gestos, manías, reacciones y comportamientos.

Y estaba absolutamente segura de que el azul intenso de sus iris cada vez tenía más que ver con su hija y menos conmigo.

—Es que me voy a Ibiza este fin de semana, Sarah. No creo que pueda estudiar —comenzó diciendo ella.

La miré, incrédula.

Y después miré a John, quien no fue capaz de sostenerme la mirada. "¿A quién en su sano juicio se le ocurre dejar ir a Ibiza a una niña de dieciséis años que lo mejor que se le puede ocurrir hacer es ponerse hasta arriba de *María*? " Debería darle vergüenza.

—Está bien —dije yo —.No te preocupes Carla, en Ibiza no están prohibidos los libros.

Ella trató de forzar la risa, pero no logró convencerme. Entonces, John pidió la cuenta. Se notaba que estaba ansioso por terminar con aquella reunión. Por fin tenía algo en común con él.

El camarero le ignoró.

—No pasa nada papá —dijo Carla con su voz angelical —.Puedes ir a la barra para que te atiendan más deprisa.

John la miró. Aún se mantenía muy vivo el turquesa en sus ojos.

—Prométeme que te portarás bien —dijo él antes de levantarse de la silla.

Ella asintió. Y, entonces, nos quedamos solas.

No podía comprender como una encantadora jovencita como ella, tan guapa y fina, podía llegar a ser tan desagradable y caprichosa.

Mientras su padre se alejaba, ella sutilmente, cogió su copa y la acercó a mi bolso, que se encontraba encima de la mesa. No me di cuenta de aquel gesto hasta que ocurrió lo que ocurrió.

En un "accidente" provocado por la intencionada mano de Carla, el zumo se derramó en el interior de mi humilde bolso, empapando los papeles de trabajo que llevaba en su interior.

No grité. No hice nada. Eso sí, si yo hubiese sido su madre le hubiese pegado dos buenos guantazos, como mínimo.

Me limité a mirarla, fingiendo compasión.

—No pasa nada, tranquila —dije suavemente —.Todo tiene arreglo.

Carla me miró, desubicada. Obviamente ella había esperado otra clase de reacción.

—¿Qué ocurre? —le pregunté con los ojos muy abiertos —.¿Por qué esa cara?

Ella no sabía qué decir. Tenía la boca entreabierta.

De pronto se recompuso.

—A mi padre le habrás engañado, pero a mí no ––siseó.

Entonces fui yo la que enarcó ambas cejas, alucinada.

"Como las maracas de Machín", pensé. "Esta niña necesita un psicólogo", pensé después. "Un psiquiatra", "o un albanocosovar que le parta las piernas", aquel fue mi pensamiento más sádico del día – de toda mi vida, seguramente –. Al momento me arrepentí de haberlo pensado, porque ¿quién no ha hecho algo con dieciséis años de lo que no haya tenido que lamentarse después?

Entonces John llegó a la mesa, con una inocente sonrisa.

—¿Todo bien? —preguntó él.

Estuve a punto de montarle el pollo. Pero me di cuenta de que no solucionaría nada si le contaba lo que había pasado. Sólo lograría ponerle más nervioso.

—Todo genial —sonreí yo.

Entonces Carla se levantó y me volvió a estrechar la mano.

—Me está esperando el chófer en la calle —dijo ella —.Hasta luego, papá.

Le dio un beso en la mejilla a John y se marchó.

—¡A las nueve en casa! —gritó él.

"¿La mandas a Ibiza y le pides que esté a las nueve en casa? Muy coherente todo, sí señor", pensó mi subconsciente malicioso.

Cuando estuvimos solos, me miró y me dijo:

—Dime qué te ha dicho.

—Que está muy preocupada por el examen —mentí.

Él me clavó sus ojos azules. Supo que mentía, pero me fue indiferente.

—Sarah, sé que no está todo bien. Dime qué ha pasado —insistió él.

—Tranquilo, John —me atreví a utilizar su nombre pila.

Vi cómo su tórax se elevaba en una inspiración profunda.

—Al menos dime qué te ha parecido —me pidió él.

Me extrañaron aquellas palabras. Aunque viendo cómo se las gastaba su hija, eran comprensibles. Me permití el lujo de ser sarcástica.

—Es tan encantadora como tú. Supongo que de tal palo, tal astilla.

Y dicho esto me despedí con un suave gesto y me marché rascacielos arriba. Di por hecho que ya no tendría que ir a casa de John Miller aquella tarde.

Mi jefe no dejó de observarme durante todo el día… Tuve que esconderme en el baño para limpiar el bolso y tirar los papeles que había estropeado el zumo.

*

Cuando llegué a casa, antes de lo esperado, Molly me preguntó si había ocurrido algo. Que por qué no estaba en casa del señor Miller.

Le conté la aventura de la cafetería.

—Oh, Dios… Esa niña está para que la internen en un psiquiátrico… —fue su comentario.

Ambas llegamos a la conclusión de que John tal vez la hubiese malcriado más de la cuenta en un intento por consolarla tras la muerte de su madre. Y como cualquier adolescente sin límites, había ido degenerando hasta convertirse en el monstruito aterrador que era en aquellos momentos.

Mi BlackBerry vibró a la una de la madrugada sobre mi mesilla, despertándome.

Vi un nuevo email.

De John.

Lo abrí, intrigada.

"Siento lo del zumo, te he comprado un bolso nuevo".

Aquella noche no dormí.

7

Finalmente, logré cerrar los ojos casi a las cinco de la madrugada, aunque no dormir como tal.

Entonces, cuando sonó el timbre a las siete y cuarto, me encontraba en un estado comatoso, propio del de una persona que apenas ha logrado cabecear durante un par de horas a lo largo de toda la noche.

Salté de la cama al ver la hora. O bien el despertador no había sonado o bien yo lo había ignorado debido a mi estado catatónico.

Supuse que Molly habría olvidado las llaves, así que, vestida con mi pijama rosa lleno de pelotillas, me levanté para abrir la puerta. Efectivamente, Molly aguardaba tras la mirilla con una pequeña sonrisa.

Abrí la puerta y me reí.

—Menos mal que has llamado o hubiese llegado tarde a trabajar —le dije.

Ella entró y yo rápidamente fui a mi cuarto a vestirme. Tardé cinco minutos –lo que más tiempo me llevó fueron las medias, que siempre me las ponía con cuidado para no rasgarlas–.

Rachel aún continuaba durmiendo. Cogí mi bolso y me aseguré de que llevaba todo dentro. Arrugué la nariz al comprobar el olor a zumo seco que emanaba de él. Repulsivo.

Recé porque en la tintorería pudiesen solucionármelo. Porque, por supuesto, no pensaba aceptar el bolso de John Miller. Me hubiese valido más que hubiera castigado a Carla sin ese viaje a Ibiza.

Yo aún continuaba preguntándome sin salir de mi asombro qué demonios pintaba una niña de diecisiete años sola –o peor, con amigos– en un viaje de tal calibre. ¡Ibiza! ¿Acaso buscaba que la drogaran y la violaran? Deshice aquella idea.

"Tal vez esté exagerando", me dije a mí misma.

—Te he preparado café, Sarah —dijo Molly desde la cocina.

—No tenías que haberte molestado, de verdad… Mil gracias —dije yo antes de beberme la taza de un sorbo.

—Es que te he visto muy apurada —dijo ella conteniendo la risa —.A, por cierto… Cuando te acabes el café tengo algo que decirte…

—No, no… Dilo —la animé yo entre sorbo y sorbo.

—Mejor espero, no vaya a ser que te atragantes ––anticipó Molly.

La miré. Decidí dejar el café a un lado.

—Molly, no es por nada… Pero me estás asustando.

Entonces ella salió de la cocina y regresó con su bolso.

—¿Qué llevas ahí? —pregunté yo con curiosidad.

—Nada. Este bolso es para ti. Me lo ha dado tu jefe… Esta mañana.

Comprendí porque Molly quería esperar a que yo me terminara el café.

—¿Cómo has dicho?

Mi voz sonó extraña. Como si una bandada de ocas se hubiese apoderado de mis cuerdas vocales.

—Te lo ha comprado… Para compensarte. Es lo que él me ha dicho que te diga —se ha defendido ella.

Traté de serenarme. No debía estallar con Molly. Obviamente, ella no tenía culpa de nada.

—¿Pero cómo esta mañana? ¿Ha ido a tu casa? ––he preguntado yo, haciendo el esfuerzo de respirar entre sílaba y sílaba.

—No. Me estaba esperando abajo. En tu portal.

Me senté en la silla plegable que teníamos en la cocina. Porque de no haberme sentado, probablemente me hubiese caído redonda al suelo.

"Mi jefe rondando mi portal, lo que me faltaba… No

tenía suficiente con la puñetera Blackberry", pensé con creciente indignación. El nombre de Blackberry no hacía referencia a otra cosa que a las bolas negras que llevaban los esclavos en norteamérica, llenas de muescas que impedían que la bola pudiera rodar.

Es decir, la Blackberry de hoy en día no era más que una de esas fresas negras que utilizaban para amarrar a los esclavos hacía un par de siglos. Me sentí muy identificada en aquel momento con la fresa negra.

—Tranquila, Sarah. Él lo ha hecho de buena fe. Es más, quería subir y dártelo personalmente pero le he convencido para que no lo hiciera —añadió Molly, despacio.

—¿Que quería subir...? ¿Aquí? ¿A las siete de la mañana? No me lo puedo creer —bufé yo a punto de montar en cólera.

—Bueno, yo te dejo el bolso en el salón. Y haz lo que quieras con él —dijo ella, evadiendo sutilmente mi mal humor.

Me dejó sola un momento en la cocina, junto a ese café que ya no tenía ganas de tomarme.

—Se lo voy a devolver —establecí firmemente −−.Ya está, problema solucionado.

Molly regresó corriendo a la cocina.

—Me ha dicho que si se lo devuelves te dejará sin paga extra de Navidad —dijo ella —. Venga, Sarah... Sé tolerante... Si él se siente mejor... No le pongas las cosas difíciles.

Yo podía comprender por qué Molly me decía lo que me decía... Pero mi orgullo no lo entendía. Y mi dignidad tampoco.

—Lo que tiene que hacer es educar mejor a su hija. ¡No puede ir pagando todo lo que ella destroce! No va a comprar mi perdón con dinero —grité, fuera de mí.

—Lo sé... Pero es su vida, no la tuya. El problema es del señor Miller, Sarah. No hagas de los problemas ajenos tu responsabilidad —trató de calmarme ella.

Y comprendía lo que me decía. Pero a pesar de que esa cría no fuese mi responsabilidad, me esperaba un mes aterrador en el cual yo tendría que vérmelas con ella para que estudiase algo de francés.

No era mi responsabilidad, era un marrón. Mi marrón. Y yo iba a tener que hacerme respetar si quería evitar situaciones futuras aún más incómodas que ésta.

—Sobreviviré sin paga extra —afirmé.

—Ay, Sarah... —susurró Molly —.Ya me contarás esta tarde lo que ha pasado —dijo ella.

Molly siempre daba buenos consejos... Eran buenos sobre todo porque no me los imponía. Simplemente daba su opinión y no se sentía ofendida en el caso en el que decidiese no hacerla caso. Se trataba de una mujer muy comprensiva –sobre todo para lo joven que era–.

Como de costumbre, Rachel aún dormía cuando salí de casa. Llevaba el bolso de mi jefe, lleno aún de papel —ese papel que ponen en las tiendas para que parezca que está lleno—, en mi mano izquierda, y en mi mano derecha mi bolso rociado de zumo seco y maloliente.

Un cromo.

Mientras viajaba en el autobús, contemplé el regalo de John. Sin duda se trataba de un bolso caro. Estaba recubierto de cuero marrón y tenía algunos detalles de ante. Olía a calidad, no como el mío que apestaba a vitamina C oxidada.

La última vez que me paré a mirar el precio de un bolso similar, me asusté al leer los mil doscientos dólares que había grabados en la etiqueta. Me hervía la sangre al pensar que el señor Miller tuviese la intención de solucionar mis problemas con Carla a golpe de talonario.

Sin embargo, no quise juzgarle. Algo en mí me decía que aquel comportamiento en John era algo habitual en él... Si a su hija la apaciguaba a base de caprichos... ¿Qué podía esperar que hiciera conmigo?

Pues exactamente lo mismo que hacen las personas que, al no saber enfrentar las situaciones de otra manera, tratan de arreglar las circunstancias con dinero.

Porque el dinero es muchas veces, y por desgracia, el único ámbito de su vida en el que se sienten fuertes.

No obstante, aquello no dejaba de ser una mala costumbre. En cierto modo me compadecí de John. Su empresa lo era todo para él... Y yo empezaba a comprender por qué.

Daba la sensación de que su imperio financiero no era otra cosa que una tapadera, un refugio para no afrontar la desgracia de la muerte de su esposa... Una excusa para darle la espalda a sus verdaderas penas. Una realidad falsa que se había inventado para poder convivir con la angustia de la soledad.

Suspiré.

Desde pequeña, mi madre siempre me había repetido que el dinero no daba la felicidad. Y qué razón tenía.

Aunque los apuros económicos y la ansiedad que producía el no poder llegar a fin de mes tampoco era causa de euforia.

Sentí que el vehículo frenaba. Me levanté de mi asiento y me agarré a la barandilla que colgaba del techo para no caerme por el vaivén.

Me bajé del autobús y caminé hasta el edificio de Terrarius, donde hice cola para coger el ascensor.

"Me vas a escuchar, John Miller, ahora sí me vas a escuchar", pensaba yo.

Entonces, cuando llegué, descubrí con incredulidad que mi jefe estaba sentado en mi silla y me miraba con una sonrisa de triunfo.

—No me vas a devolver el bolso —dijo él a modo de saludo.

Apreté los dientes.

—Puedo tirarlo a la basura, también —amenacé yo.

—Entonces me sentiría herido, Sarah. No me rechaces, por favor.

Aquellas palabras me desorientaron.

—No le estoy rechazando a usted, si no a su bolso – rectifiqué.

Él amplió aún más su sonrisa. No pude evitar fijarme en el turquesa de sus ojos. En aquel momento el color era pálido y relajado. Un color bonito. Sin querer pasaron varios segundos en los cuales no fui capaz de decir una palabra.

—Quiero pedirla perdón por el comportamiento de mi hija y compensarla. Porque si no, corro el riesgo de que usted decida abandonar las clases de francés – —añadió él.

Por alguna razón la que se sintió rechazada en aquel instante fui yo.

En algún recóndito lugar de mi mente había llegado a pensar que a John Miller realmente le importaba mi opinión. Pero no, sólo eran las clases de francés.

—Ya me he comprometido a ayudarle. Y cumplo mi palabra, señor Miller. No necesito regalos para ello —dije.

Él continuaba observándome. Parecía estar divirtiéndose. ¿Qué le resultaba tan gracioso?

—Estás muy guapa hoy. Cuando te enfadas se te hincha una venita en la sien —comentó mi jefe, como quien habla del tiempo.

Me sentí extraña. Como si tuviese quince años y me hubiese puesto roja como un tomate. "Sarah, por Dios, debe de tener casi cincuenta años, es tu jefe", fue el pensamiento que se deslizó por mi mente en aquel momento. Un pensamiento que jamás debió de haberse colado en mi cabeza.

Miller aún sonreía.

—Coja las cosas de su bolso lleno de zumo y métalas en su nuevo bolso. No puedo permitir que mi asistente personal lleve algo encima que huela a podrido —ordenó él.

—¡No huele a podrido! Se lava. Iba a llevarlo hoy a la tintorería —me defendí yo.

Los ojos de Miller cambiaron de color. Y supe que iba en serio.

—Está bien… Pero si quiere ayudarme de verdad… —dije mientras sacaba todo el papel del bolso nuevo.

—Háblame de tú, por favor Sarah – dijo él.

Me aceleré.

Su tono de voz era suave. Melodioso. Me acariciaba. "Espabila Praxton", me ordené a mí misma.

—Si quieres ayudarme, John —me forcé a mirarlo a los ojos —.Dile a tu hija que se estudie los verbos antes de la semana que viene.

—Pero se va a Ibiza con sus amigas de viaje de fin de curso... Tal vez la semana siguiente tenga más tiempo —dijo él.

Me enfadé. Después miré a mi alrededor para comprobar que nadie nos estaba escuchando.

Pese a que eran las ocho menos cinco de la mañana, aún no había llegado nadie. Nadie excepto dos compañeros que se encontraban en la otra punta de la planta y no les parecía extraño que yo estuviese hablando con mi jefe.

Después me armé de valor y respondí:

—Tu hija tiene sólo diecisiete años y es una niña malcriada que no llegará a nada en su vida a no ser que la inculques algo de disciplina. Parece mentira que siendo tú lo trabajador que eres, tengas una hija a la que le horrorice aprenderse una lista de verbos.

Y respiré. Lo había soltado todo de carrerilla.

—Te has pasado esta vez, Sarah —me advirtió él.

Su voz ya no sonaba suave. Pero me daba igual, yo le había dado mi opinión sincera. Y me atendría a las consecuencias.

Alguien tenía que ser claro con él.

Su hija no era una niña normal. La gente no va tirándole zumos al prójimo nada más conocerle.

No respondí.

Sólo le miré, porque aún estaba sentado en mi puesto de trabajo y yo necesitaba empezar a mover diapositivas para ponerme al día.

—No me voy a levantar —dijo John entonces.

Su expresión era indescifrable.

Parecía debatirse entre el enfado, el arrepentimiento y la picardía.

Yo me había excedido al criticar tan salvajemente su labor como padre, pero él sabía que no me faltaba razón y no tenía argumentos con los que enfrentarme.

—Entonces yo no trabajaré hoy —dije con fingida resignación.

—A Carla le caíste bien —dijo él de pronto.

Fruncí el entrecejo. No di crédito a aquellas palabras.

—Ah —respondí —.Qué sorpresa.

Y John sonrió.

—Hoy no vas a trabajar aquí sentada, Sarah. Hoy vas a venir conmigo de compras.

—¿Cómo has dicho? —pregunté —.Tengo que presentarte un informe mañana, no me va a dar tiempo a terminarlo. John, es mi tiempo, es mi trabajo.

—Recuerda que trabajas para mí. Y acabo de decidir que ese informe puede esperar. Sin embargo, este viernes voy a cenar con el vicepresidente del gobierno, el ministro de interior y el presidente del Berclys Bank… Y sus respectivas esposas. Me gustaría que me acompañaras porque si no me temo que voy a hacer un ridículo espantoso.

—No puedo acompañarte —dije al instante —. Yo no soy nada tuyo. Ni siquiera familiar. No pinto nada allí.

—Sarah, es una reunión de negocios. Voy a conseguir un contrato y tu deber es ayudarme. Eres inteligente y si quieres te presentaré en calidad de mi asistente personal. Para que no haya confusiones.

Respiré hondo. Tal vez yo estuviese exagerando las cosas, otras veces le había acompañado a reuniones e incluso a cenas de empresa. Simplemente él había llevado a otra mujer y yo había ido sola o con Charlie (cuando aún estábamos juntos).

Entonces entendí, John se llevaría a alguna mujer con él. Sería como las otras veces. Aquella idea me tranquilizó… Y me decepcionó al mismo tiempo.

—¿Puedo llevar a alguien conmigo? —pregunté yo, para corroborar mi teoría.

Porque si él iba con pareja, yo podría llevar a la mía propia –como las otras veces–.

—Sí, usted me llevará a mí —rió él —.Coge tu abrigo, nos vamos.

Entonces yo sería *su* acompañante. Su asistente y acompañante a la vez. Me resultaba una idea extraña. Y en cierto modo, me sentía algo humillada.

"Aclárate, Sarah. Nada te parece bien. Ni ir con él, ni ir sin él", pensé.

Decidí no darle más importancia. Sólo sería una reunión más. Más negocios. Más hacerle la pelota al interesado de turno y más conversaciones superfluas con las mujeres de todo aquel percal de individuos.

Lo soportaría.

Lo soportaría mucho mejor que las clases de francés con Carla.

*

—¿Qué es lo que vamos a comprar? —pregunté antes de subirme a su coche.

John no utilizaba chófer. Él prefería conducir su discreto Toyota Prius.

Yo supuse que la que realmente utilizaba un chófer y toda la parafernalia acompañante, sería su hija Carla.

—Un vestido de gala para ti. Es una cena de etiqueta —mencionó él.

—Yo tengo vestidos, John. Puedo incluso alquilar uno, no te preocupes —le dije rápidamente.

Recordé que en mi armario aún se encontraba el vestido negro que compré con mis ahorros hacía dos años para una reunión similar.

—Verás, es que ayer vi un vestido en un escaparate mientras caminaba hacia una sucursal para sacar dinero… Y pensé en ti. Creo que te quedará bien. Hazme caso.

—Vale, pero lo pagaré yo —dije al momento.

John Miller sonrió. Y yo supe que no había dinero suficiente en mi cuenta corriente para pagar aquella prenda.

Cuando aparcó el coche y caminamos hacia aquella misteriosa tienda, me quedé boquiabierta ante aquel precioso vestido de palabra de honor, brillante, de un azul intenso y muy sofisticado.

—Es ése —señaló él, orgulloso.

Su expresión de felicidad volvía a asemejarse a la de un niño que ha encontrado un tesoro en la playa y se lo enseña a su madre con orgullo.

—¿Qué te ocurre? —me preguntó entonces.

Yo había agriado el gesto. No podía permitir que John Miller me regalase aquello. Era una reunión. Y aunque fuese de etiqueta yo tenía un buen vestido – quizá no tan bueno como el que llevarían las otras mujeres–, pero igualmente válido.

Además, estaba nerviosa sólo por el hecho de que el señor Miller hubiese pensado en mí con sólo ver un vestido. ¿Qué demonios le ocurría?

—No puedo aceptarlo. Es un desparrame de dinero absolutamente innecesario. Ya tengo un vestido, John… Y realmente no sé por qué te interesas tanto. Yo, no lo necesito, de veras… Te lo agradezco —comencé a balbucear.

—Es sólo mi manera de darte las gracias —dijo él con serenidad —.Sé que Carla no es una persona fácil y me ha sorprendido mucho que no te hayas echado atrás después de lo que pasó.

—Pero no necesito un vestido como agradecimiento. Sólo necesito que tu hija se centre para que esto funcione… —expliqué yo, tratando de disuadirle.

Entonces John me miró a los ojos. Sentí mi corazón acelerarse al notar la profundidad de su mirada. Me estaba analizando. Aquel azul era realmente sobrecogedor. Me dejé atrapar.

"Alto", me ordené.

—Eres tan diferente —musitó él.

Decidí que había que ponerle fin a aquella situación de inmediato. Se me estaba escapando de las manos.

—Te acompañaré a la cena. Pero con mi vestido… —dije mientras posaba mi mano sobre su brazo, tratando de suavizar mis palabras —.Mañana te veo.

Y entonces me di media vuelta y comencé a caminar.

*

Cuando llegué a casa, la palabra "diferente" aún no salía de mi cabeza. Me derrumbé sobre el sofá.

Molly vino rápidamente a verme.

—Llevas el bolso, el suyo —apuntó ella —. Estás pálida.

—Lo sé. Ha intentado comprarme un vestido. Quiere que vaya a una cena… Como su "pareja–asistente" y me ha dicho "eres tan diferente"… Me miraba Molly, de una manera extraña… Estoy cansada. Necesito dormir. Tal vez mañana todo vuelva a la normalidad —susurraba yo de manera compulsiva.

Estaba tan estresada que era incapaz de dejar de hablar. Molly se sentó a mi lado, me acarició la espalda.

—Tranquila... Debes estar tranquila. Simplemente puede ser que le gustes —dijo ella.

Un sudor frío subió por mi espalda.

—Yo creo que está confundido —dije —. No es el típico jefe aprovechado que le tira los trastos a su secretaria. Jamás se le ha ocurrido hacerlo. No sé qué le pasa.

—Bueno, tampoco te ha dicho nada extraño. Realmente sólo ha querido tener un detalle —agregó Molly.

—Espero que no intente tener más detalles — musité.

*

Cuando me fui a dormir, pensé que el problema no estaba en que yo pudiese gustarle a mi jefe. El problema se encontraba en que él pudiese gustarme a mí.

"Mañana todo será mejor", me dije a mí misma.

"Esto ha sido sólo un mal día". "Tonterías" "Tiene casi veinte años más que yo, es sólo que estoy muy sola y soy muy tonta", me repetí hasta la saciedad.

8

Durante el resto de la semana la relación entre el señor Miller y yo se enfrío y volvió a su estado habitual –e incluso se tornó algo más distante–. No me sorprendió que aquello ocurriera.

De hecho, la última vez que John Miller y yo tuvimos una discusión en referencia a cuándo iría a conocer a su hija, los días posteriores se comportó de un modo gélido y autoritario conmigo. Para "recuperar" su "poder perdido". Me pregunté entonces, cuánto duraría esta vez. ¿Se presentaría en mi casa de nuevo?

Recé para que aquello no sucediera.

John habló conmigo lo justo los días posteriores al incidente del vestido. "Praxton trae ese informe", "Sarah te importaría pasarme tal o cual número de teléfono", "recuérdame a qué hora es la reunión de mañana", eran sus únicas frases.

A pesar de ello, notaba su mirada atravesar el cristal, vigilando cada uno de mis movimientos. No obstante, yo me hacía la indiferente.

Quería distancia. La quería ya y cuanto más mejor.

El jueves –el día antes de la cena de negocios– cuando llegué a casa, confeccioné una lista de formas verbales en francés, con todos sus tiempos y algunos trucos para memorizar. Lo recopilé de mis apuntes de la carrera e incluso diseñé un Power Point para Carla.

Estaba todo muy resumido, para que no le resultase pesado estudiarlo.

—Es una buena idea —me dijo Molly cuando le enseñé aquellos apuntes el viernes por la mañana —.Así John verá que te tomas en serio tu trabajo…

—Parece que el señor Miller está más tranquilo –le dije a Molly —.Si le entrego esto será una forma de establecer de nuevo el rol jefe–empleada que parece que hemos perdido en las últimas dos semanas —resoplé.

Molly echó a reír.

—Eres una exagerada. El pobre hombre no ha hecho nada malo. Dale tiempo y se ajustará a la nueva situación. No le presiones. Se nota que está acostumbrado a ser él quien dirige y tal vez le hayas aturdido momentáneamente —teorizó ella.

Entonces fui yo la que estalló en carcajadas. Me relajé con sus palabras. Tenían sentido. Todo el sentido que yo necesitaba para recuperar mi rutina con más alegría.

Antes de irme a trabajar entré en el cuarto de Rachel. Aún dormía. Solía despertarse a las nueve y media de la mañana, siempre de muy buen humor.

Últimamente la vigilábamos de cerca. Como nos había dicho la neuróloga que hiciésemos.

Por el momento estaba bien. No había tenido ninguna crisis ni ningún comportamiento extraño. Yo me había alarmado hacía un par de días al verla algo ausente, con la mirada perdida. Pero aquel episodio duró no más de diez segundos y el hecho no tuvo mayor trascendencia.

Le di un beso a mi hermana, acurrucada bajo las sábanas y salí sigilosamente para no despertarla.

Después me despedí de Molly y salí de casa.

*

Como siempre, aterricé en mi mesa a las ocho menos cuarto de la mañana. Se respiraba un ambiente tranquilo. Los focos halógenos estaban encendidos porque el cielo se encontraba plagado de nubes negras que además de oscurecer el panorama, amenazaban con descargar cantidades ingentes de agua.

John, para no variar, ya se encontraba en su despacho.

Pensé que era el momento idóneo para entregarle los apuntes y las diapositivas para Carla. Llamé suavemente a la puerta.

—Pasa, Sarah —respondió él con un tono de voz ausente.

Aparentemente, estaba muy concentrado en la pantalla de su ordenador. Tanto, que me dio apuro interrumpirle.

—Le he traído algo, señor Miller —yo había vuelto a tratarle "de usted" y él, afortunadamente, no me lo había impedido.

John me miró de soslayo y luego dirigió su atención de nuevo al monitor. Contuve la respiración.

—Déjelo ahí, Praxton —dijo él en voz baja.

Me aproximé y deposité en su mesa los apuntes que había preparado para Carla.

—Le he mandado a su correo unas diapositivas para su hija… Será lo que daremos la semana que viene. Si fuese usted tan amable de entregárselas… ——dije con suavidad.

Yo esperé una respuesta. Un "Sí, Sarah"… O un "Desde luego, Praxton".

Pero sólo asintió, mirándome de reojo, dándome a entender que había captado el mensaje. Repentinamente me sentí frustrada. Como si John estuviese despreciando mi trabajo. Quise creer que era cosa de su afán por alejarse de mí para recuperar el poder que él creía perdido. Claro que había sido su culpa: nadie le obligó a ofrecerme un vestido carísimo ni a dar a entender que me había imaginado con dicha prenda puesta.

Pero yo empezaba a sentirme culpable. ¿Y si tal vez sólo lo hubiese hecho de buena fe? Sin segundas intenciones. ¿Y si hubiera sido yo la que, en mi pésima costumbre de desconfiar de la buena fe de la gente, había buscado dobles sentidos donde, en realidad, no existían?

Pero tampoco debía culparme a mí misma, pensé.

La situación se había salido de lo habitual y tanto mi jefe como yo estábamos algo desubicados.

Me di media vuelta, dispuesta a salir de aquel despacho lo antes posible.

Pero entonces…

—Sarah, abra el armario y llévese lo que hay dentro. Ya sabe lo que debe hacer.

Su voz era suave y contundente al mismo tiempo. Sus ojos azules no se habían desviado ni un milímetro de la pantalla y él parecía no haberse inmutado. Llegué a creer que me había imaginado sus palabras.

No obstante, hice lo que me pedía. Normalmente dejaba apuntes e informes que él quería que yo triturase para poder tirarlos –pues había datos importantes: bancarios, nombres confidenciales, cifras… Que no convenía que nadie ajeno a la empresa leyese en el cubo de la basura–.

En aquel armario se encontraba una estantería y a su lado un perchero, donde normalmente mi jefe colgaba su abrigo austríaco.

Pero allí no había informes. Me obcequé en revisar la

estantería, pero no encontraba lo que él me había pedido.

—Ahí no, Praxton. A su izquierda —dijo entonces el señor Miller.

Me sobresalté y di un respingo al escuchar su voz. Parecía tener ojos en la nuca.

Y entonces lo vi. Lo había comprado.

Estaba ahí. Envuelto cuidadosamente en un plástico transparente, colgado de una percha de madera. Azul y brillante. Majestuoso.

Fui a replicar.

—Ni una palabra, Praxton. Póngaselo esta noche, por favor. Y ahora váyase. Estoy ocupado.

Aquel había sido un "por favor" muy propio de John Miller. Muy cortés y apropiado. Y tajante. Cuando John Miller pedía algo "por favor" quería decir: "te las verás conmigo si no lo haces".

Quise gritarle. Quemar el vestido. Y tirárselo a la cara. Pero él seguía tecleando números. Concentrado. Como si yo no estuviese allí.

Tuve que reconocer que había ganado la batalla.

—Vendré a última hora a recogerlo para llevármelo a casa —establecí con reproche y agresividad.

Salí del despacho y di un portazo. Con segundas intenciones o sin ellas, John Miller había logrado su objetivo.

Cuando me senté en mi mesa y dirigí mi mirada hacia mi jefe, a través del cristal advertí con asombro que él sonreía triunfante. Me miró, y al ver que yo le estaba observando, retiró rápidamente su mirada.

Bufé, exasperada. Después pensé que un vestido así merecería un buen peinado. "El daño ya está hecho", reflexioné. "Ya puestos, de perdidos al río".

Y llamé por teléfono a Molly. Le expliqué lo que había ocurrido y ella estalló en carcajadas. Después me dijo que sabía hacer recogidos muy elaborados y que podría peinarme de una forma muy elegante. Casi como en una peluquería de las caras.

A las tres de la tarde, irrumpí en el despacho de John sin llamar a la puerta.

Cogí el vestido y antes de salir, John me dijo:

—Te recojo a las siete y media en tu casa.

Me giré y le miré, sorprendida. Normalmente, mi jefe solía enviarme a la Blackberry la dirección a la cual debía acudir y si tenía mucho problema en llegar hasta allí, me enviaba algún coche de empresa o me contrataba un taxi. Pero, ¿venir él a buscarme? ¿A mi casa?

—¿Necesita algo, Praxton? —preguntó él con dureza.

Me estaba echando. Sabía que yo me debatía y que quería negarme. Él tenía muy claro que yo estaba apunto de estallar, como un volcán hawaiano.

Y quería echarme de allí antes de que la lava me saliera por las orejas y ya no tuviese oportunidades de sobrevivir.

—No —respondí, conteniéndome.

Y salí del lugar con el vestido a mis espaldas. De camino a casa, decidí que no me enfadaría. No pensaría en nada. Me relajaría y me resignaría a que John Miller se había salido con la suya.

Me prometí a mí misma ser más hábil para la próxima vez. "No me puede volver a pillar en un renuncio", pensé.

*

Yo había hablado con Molly para que se quedara con Rachel durante el rato que yo iba a estar fuera con mi jefe.

Como estas cosas sucedían de manera muy puntual — como mucho una o dos veces al año —, Molly normalmente accedía encantada a echarme una mano. Lo cual no tenía nada que ver con un mes entero de clases de francés, en el cuál ella iba a tener que hacerse cargo de mi hermana durante casi todo el día.

"No sé qué haría yo sin Molly", pensaba a menudo.

—Así que va a venir a buscarte —dijo ella mientras me rizaba el pelo con unas tenacillas.

—Sí. No me ha dado la oportunidad de negarme —le expliqué.

—Pues es raro —dijo Molly con una sonrisa —.Con el carácter que tienes, me extraña que no hayas podido decirle nada.

Cerré los ojos y rememoré la situación.

—Ése es el problema, Molly. Él ya empieza a conocerme y creo que está aprendiendo a esquivar las discusiones. Me lo está poniendo difícil.

—Ya entiendo por qué le va tan bien en sus negocios —comentó ella —.Si hace lo mismo con sus clientes, seguro que son pocos los que le niegan un contrato.

Aquellas palabras me parecieron muy coherentes. John era un experto en salirse con la suya… Tenía un don para llevar a la gente por donde él quería que fuese –excepto a su hija, claro–.

Aquello me hizo sentir una pizca de simpatía hacia Carla –sólo una pizca–. Ella, con sus ojos de cordero y su carita de ángel, hacía lo que quería con su padre.

Sonreí. Pero algo me decía que si yo ponía ojos de cordero con John Miller, me podría meter en un problema. De hecho, yo sospechaba que ya estaba en un problema.

Me puse el vestido. Era ceñido, largo y el escote de palabra de honor me sentaba bien. Me marcaba ligeramente la cintura y caía suavemente sobre mis caderas. No podía negar que parecía hecho a medida para mí.

—Entre el vestido y la limusina esto parece un

baile de fin de curso —soltó Molly con una risita nerviosa.

Sonreí ante la broma. John, a sus cuarenta y nueve años ya era algo mayorcito para ir al instituto. Y yo, a mis veintinueve, aún recordaba al chico pánfilo y sin sangre en las venas que me acompañó. Mi madre y la suya eran amigas y me habían convencido para que no le dejara solo.

Era buen niño, pero parecía una seta: cero conversación. Desde luego, John Miller era bastante diferente a aquel muchacho.

—No creo que traiga su limusina. Supongo que vendrá con su Toyota particular —comenté mientras admiraba la melena rizada con el sofisticado medio recogido que Molly había construido.

Me maquillé algo más de lo habitual. Algo más de colorete y añadí sombra de ojos gris a mi eyeliner, para potenciar el tono verdoso de mis ojos.

Quedaban solo diez minutos para que John Miller apareciese por allí. Rachel entró en mi cuarto y emitió una exclamación de sorpresa. Se llevó las dos manos a la boca, en un gesto dramático.

Yo eché a reír.

—¡Pareces una princesa de Disney! —dijo ella mientras me rodeaba para ver bien el vestido —.Es muy brillante… Tiene purpurina, Sarah.

Entonces sonó el portero automático. Molly lo cogió y después gritó desde la entrada:

—¡Te está esperando abajo!

Le di un beso a Rachel en la mejilla y otro a Molly.

—Intenta pasarlo bien —me dijo ella antes de que yo subiese al ascensor.

*

Cuando abrí la puerta del portal, vi a John Miller apoyado sobre su limusina negra, con un elegante traje azul marino puesto. Inspiré profundamente en un intento por parecer más tranquila.

Y por primera vez en dos días, el señor Miller me dedicó una de sus enigmáticas sonrisas mientras me abría la puerta del vehículo caballerosamente. Al pasar cerca de él, un aroma suave a colonia de hombre invadió mis sentidos. Procuré mantener la calma.

Rozando el cielo

9

La reunión fue, cuanto menos, extravagante. Nunca había visto una cena de negocios tan florida: camareros repartiendo canapés –e incluso casi llegándotelos a meter en la boca si te negabas–, señoras vestidas con elegantes y delicados trajes de noche y sus respectivos maridos ataviados con los esmóquines más caros del mercado.

Todos tenían dos cosas en común: mucho dinero y cara de amargura. Incluso John, que se encontraba hablando con uno de los invitados, comenzaba a presentar aquel turquesa intenso en sus ojos, indicativo de que sus niveles de estrés se elevaban por momentos.

Procuré estar pendiente de él, por si necesitaba algo... Mientras tanto, me decidí desplazarme por aquel lujoso salón en busca de algo para comer que estuviese libre de caviar y de las diversas salsas extrañas que sorprendentemente todos calificaban como *delicatessen*.

Nos encontrábamos en una mansión, de esas en las que los magnates veranean con sus esposas, sus amantes, y los amantes de aquellas... Poca fidelidad conyugal se observaba en las "altas esferas".

Fue la única explicación que encontré al por qué una casa, perteneciente a un matrimonio sin hijos, contaba con más de diez habitaciones.

Cierto es que el dinero ayuda a vivir en una casa amplia y con espacio, pero... ¿Diez habitaciones?

Aquellas eran mis reflexiones cuando dos mujeres que rondarían los cuarenta y cinco años, muy arregladas y sonrientes se acercaron a mí, dispuestas a saludarme.

Las había visto charlar antes con John. Como vampiresas. Sonrientes y muy cariñosas con los hombres allí presentes. El resto de mujeres solían estar cerca de sus maridos o hablaban con más tranquilidad, su escote no era tan atrevido.

Debían de ser aquellas dos las solteras —divorciadas— busconas, de la noche. "Relájate, Praxton", me dije a mí misma.

Lo cierto es que yo estaba arremetiendo mentalmente contra todo y todos. No había nada que no me pareciese mal aquella noche. La comida porque era cara —y además no me gustaba—, los vestidos porque me parecían todos un derroche absoluto de dinero y las conversaciones, que viraban entre lo acalorado del negocio y lo superfluo de las liposucciones y por tanto, no me veía capacitada para participar en ninguna de ellas. Suspiré. Aquello no era mi mundo. Me sentía como un pez fuera del agua, por eso intentaba sacarle pegas a todo.

"Iré al infierno, por criticona", pensé arrepentida. La música fue lo más extraordinario de la reunión... Yo pensé que nos encontraríamos con la típica orquesta que toca los clásicos, al igual que en las películas antiguas en blanco y negro cuyos argumentos transcurrían en palacios y mansiones, representativos de la alta sociedad... Siempre salían grupos musicales cultos y selectos, con sus violonchelos, sus contrabajos... Ni siquiera se parecía en eso. Habían traído a una especie de monje —o alguien que fingía serlo— que iba vestido con una túnica naranja, dejando la mitad de su cuerpo al aire, el cual se encontraba sentado con las piernas cruzadas sobre una tarima, rodeado por un gong y dos bailarinas de danza del vientre.

Él simplemente recitaba mantras (o eso me habían dicho que era) y las bailarinas se dedicaban a alegrarle el panorama a los hombres allí presentes.

Un despropósito. Un despropósito que pretendía parecer *New Age* y que a mí se me hacía más a *RidiculAge*. Los monjes del Himalaya no se merecían aquella nefasta propaganda.

Eso sí, me reí mucho cuando vi a John observando con incredulidad la escena. Supe que aquella representación taoísta en mitad de una reunión de negocios tampoco fue santo de su devoción. Las vampiresas se acercaron a mí peligrosamente.

Yo me limitaba a buscar algo en una de las mesas que pudiese llevarme a la boca sin vomitar, cuando una de ellas me dijo:

—¡Tú debes de ser Sarah! Encantada de conocerte. Soy Liz. Conozco a John desde hace algún tiempo y siempre me comenta maravillas de ti.

Detecté una nota de celos en aquel tono de voz cantarín.

—Encantada de conocerte, Liz —saludé yo, estrechándo mi mano amistosamente.

Por otro lado, sus palabras me sonaron también a peloteo. En cierto modo, pensaba que Liz estaba agasajando mi ego de alguna manera. Pero… ¿Sería verdad que John hablaba de mí con otras personas? ¿Y por qué nunca me decía a la cara que le gustaba cómo trabajaba? Decidí dejar aquella reflexión para otro momento y centrarme en la conversación.

—Procuro esforzarme por hacer bien mi trabajo —dije después —.Es muy original el ambiente musical esta noche —añadí conteniendo la risa.

—Mmm… Sí, es muy relajante —dijo ella cerrando los ojos —.Y exótico. Me gustan las cosas diferentes —comentaba.

Su amiga se había marchado, no debía de tener especial interés en charlar conmigo. Al menos, no tanto como la propia Liz.

—Si te gusta… Podrías hacer yoga, es toda una filosofía de vida —comenté yo.

A mí me gustaba el yoga, de hecho lo practicaba antes de tener que ocuparme de Rachel. Y aún trataba de estirarme todas las mañanas haciendo determinadas posturas. La respiración pausada que me enseñaron en aquella época fue muy importante para mí en periodos de ansiedad. Aquella era la verdadera meditación. Y no un señor disfrazado de monje, rodeado de mujeres semidesnudas.

En fin.

—Oh, querida. Yo hago fitness. El yoga no tonifica nada —murmuró ella entre risitas —.A los hombres les gustan las mujeres flacas y de muslos firmes. Sobre todo a los hombres con dinero… Como John.

Liz sonreía pícaramente. Comprendí su indirecta: si quieres gustarle a John tienes que estar más flaca de lo que estás, maquillarte más y hacer más ejercicio. "Pero ni te molestes, querida, nunca estarás tan estupenda como yo", se traslucía tras aquella faz sonriente y superficial. Me compadecí de ella.

Yo valoraba la salud, la buena alimentación y el ejercicio saludable, pero en relación a mí misma y no con el objetivo de ser deseada por otros. Y de pronto comprendí que detrás de esa aparente seguridad de aquella mujer rubia y divina, se escondía la mentalidad de una niña sola y asustada que únicamente había logrado construir su autoestima a base de ponerla en poder de los demás. El objetivo en la vida no puede radicar en ser bella y gustar al hombre que tienes al lado, sin valorarte a ti misma y sin pensar que eres mucho más que un cuerpo físico.

Liz estaba muy equivocada y ello, sin duda, supuse que la llevaba a sufrir más de la cuenta.

—A los hombres con dinero les gusta que les amen por quienes son y no por lo que tienen. Pero como rara vez lo consiguen por culpa de todo el dinero que hay en su cuenta bancaria y que codician las mujeres que tratan de conquistarles, se acaban conformando con la que tiene el culo más duro —comenté yo a modo de respuesta —.Que pases una buena noche, Liz. Me alegro de haberte conocido.

Al moverme hacia la otra punta del salón con el objetico de alejarme de Liz, encontré unos panecillos con mermelada de arándanos rezagados entre la salsa de alcaparras y el sushi.

"Qué hambre", pensé mientras me abalanzaba sobre ellos. Entonces sentí una mano sobre mi cintura.

—¿Qué tal llevas la noche? —era la voz de John.

Entonces aquel contacto se volvió demasiado intenso y procuré apartarme. Contuve mis ganas de devorar la mermelada para no tener que hablarle a mi jefe con la boca llena.

—Bien, tengo hambre —se me escapó.

Él sonrió.

—Ten cuidado, no vayas a engordar —dijo John.

Advertí una pizca de sarcasmo en su voz. Entonces decidí seguir la broma.

—Tranquilo, estoy avisada, tu amiga me ha dicho que a los hombres con dinero os gustan las flacas de culo duro. Creo que no cumplo ningún requisito, así que no voy a molestarme en pasar hambrunas — contesté yo.

Y, ni corta ni perezosa, me llevé el pan a la boca. Después fui consciente de lo que acababa de decirle y enrojecí. "Maldito vino", pensé.

—No es mi amiga —dijo él, muy serio —.Lo intenta, pero sin éxito.

Tragué. Después eché a reír. Y mi jefe conmigo. Vi que sus ojos volvían a lucir el azul cielo, apacible y tranquilo que tan escaso era últimamente.

—Echaba de menos discutir un rato contigo — dijo él de pronto —.Es adictivo —susurró.

Me miraba a los ojos. Mostraba una sonrisa tímida e incompleta. Desvié mi mirada rápidamente. No supe a qué venía aquello.

Gracias a Dios, en aquel momento apareció otro hombre y ambos comenzaron a charlar sobre la caída del valor de las acciones de Terrarius del año anterior y de cómo la empresa había logrado revalorizarse de nuevo en la bolsa a lo largo de este año. Al menos, era más interesante que la charla sobre fitness de Liz. Así que no me moví de aquel lugar y permanecí escuchando con atención y paciencia.

Inevitablemente, y como suele suceder cuando simplemente te limitas a escuchar un diálogo del cual no formas parte en absoluto, terminé por desconectar y empezar a vagar en mis propios pensamientos.

Le envié un mensaje a Molly para preguntarle por Rachel.

"Ya está dormida. Ha cenado muy bien. Pásalo bien", respondió ella.

Después comencé a imaginar cómo serían las clases con Carla. El lunes tendríamos nuestro primer "encuentro académico" en su casa. Y yo tendría que lidiar con aquella fierecilla de dieciséis años.

Sonreí: "y ella tendrá que soportarme a mí". Después me pregunté si John habría sido tan amable de dejarle mis apuntes a Carla, para que fuese estudiando algo antes de empezar las clases. Intuí que no.

El señor Miller le tenía más miedo a Carla que a la quiebra de su propia empresa. "No me extraña", reflexioné.

*

Un par de horas después, la reunión terminó. Me apresuré a salir de la casa para llamar a un taxi sin que John me viera. Algo en mí me decía que no me dejaría volver sola y yo quería alejarme de él cuanto antes. "Es adictivo", había dicho mi jefe con un tono de voz sugerente. Aquello aún resonaba en mi mente con fuerza y me instaba a tomar distancia. Una teleoperadora respondió.

—Me preguntaba si me podría enviar un taxi a esta dirección…

Tarde. Una mano ágil me arrebató la Blackberry. Y de pronto vi a John Miller diciéndole a la amable señorita de Radiotaxi:

—No se moleste, no será necesario.

Me inceneré viva. Mi jefe me devolvió el teléfono con un gesto delicado.

—Me sentiré mejor si te acompaño. Los taxis no son seguros a estas horas —dijo él mientras le enviaba un mensaje a su chófer personal.

"Los taxis son igual de seguros que el año pasado cuando tú no te molestabas en llevarme a ninguna parte", le dije mentalmente. Resoplé.

De un momento a otro llegó la limusina y no me quedó más remedio que entrar en ella cuando John me abrió la puerta.

—¿Lo has pasado bien? —me preguntó él cuando estuvimos ya de camino hacia mi casa.

—Más o menos —respondí con un tono neutro —.Aunque no sé en qué pretendías que yo te ayudase. Me ha parecido que la reunión tenía más un carácter lúdico que profesional.

—Da gusto cómo te expresas —comentó él — .Sí, yo también me esperaba otra cosa, lo siento por haberte hecho perder tu valioso tiempo.

Aquella disculpa me pilló por sorpresa. No parecía forzada pero tampoco venía a cuento. Como se diría en estos casos, John estaba poniendo la venda antes que la herida.

—No importa —musité yo.

Los edificios tenían las luces encendidas y las calles acogían a una bulliciosa multitud de gente que salía dispuesta a pasar una velada agradable de viernes por la noche. Yo me encontraba absorta mirando las sonrisas que abundaban sobre la acera. Me pregunté cuánto tiempo hacía que yo no salía de casa sin preocuparme constantemente por mi hermana, por lo que estaría haciendo y si me echaría de menos.

A Rachel no la cambiaba por nada... Pero al mismo tiempo, me hacía ser consciente de hasta qué punto la falta de responsabilidades vuelven a las personas egocéntricas y despreocupadas. Yo misma, cuando vivía sola creía que mi máxima preocupación en la vida sería encontrar novio, casarme y mantener mi trabajo... Me esforzaba en cultivar amistades, salir de noche... Tener una vida social. Quería ser perfecta. Ir a la moda.

Después, me di cuenta de lo equivocada que había estado. Cuando tuve que ocuparme de Rachel empecé a priorizar otras cosas como: la salud, la paz de espíritu y el ser optimista ante lo que la vida te traiga.

Prioridades muy distintas.

—¿En qué piensas? —la voz de John rompió el silencio súbitamente, arrancándome un respingo.

—En Rachel —respondí, mirándole de soslayo.

Percibí que mi jefe respiraba agitadamente. Como si estuviera nervioso.

—¿Qué te preocupa? —pregunté directamente —.Estás alterado.

Él abrió mucho los ojos y después desvió la mirada.

—Das miedo —susurró él medio sonriente —.¿Puedo hacerte una pregunta, Sarah?

Le miré con ternura. Otra vez me asaltaba ese instinto de protección hacia él. Tenía algo que yo no sabía describir con palabras.

—Dime —susurré, poniendo mi tono de voz a juego con el suyo.

—¿Sales con alguien?

Sentí que no entraba aire en mis pulmones. Y de pronto, la limusina se detuvo y el chófer nos indicó que habíamos llegado.

—Que tengas buen fin de semana, John —le dije antes de bajarme deprisa del vehículo —.El lunes te devolveré el vestido.

—No, Sarah, espera. Quédatelo... Estás muy guapa con él —me dijo a modo de súplica.

Reí.

—Cuando voy al supermercado suelo ponerme unos vaqueros.

Y cerré la puerta de la limusina en sus narices. Corrí hasta el portal, abrí la puerta, me subí al ascensor. Y, cuando entré en casa, me sentí segura. Entonces me dejé caer sobre el sofá, dispuesta a no pensar más, a sumergirme en un profundo sueño.

Y a olvidarme de John Miller por unos instantes.

10

El fin de semana fue tranquilo. Como Molly se había quedado a dormir el viernes, desayunó el sábado conmigo y con Rachel. Mi hermana mojaba las galletas en la leche y después las dejaba encima de un platito que le solíamos poner junto a la taza. Le gustaba mojar varias galletas y apilarlas unas encima de otras para después comérselas con la cuchara.

Mientras ella estaba concentrada, Molly me preguntó con interés cómo había ido la cena. Le conté los pormenores de la decoración y la conversación con Liz. Ella estalló en carcajadas cuando le conté el episodio de John y el panecillo con mermelada.

—Pobre de tu jefe, lo matarás de un infarto algún día —me advirtió ella —.Aunque yo diría que te busca. De algún modo disfruta al hacerte estallar.

—Me dijo que iba a engordar. Lo hizo a propósito. Sabía que le respondería.

Molly se divertía. Después le pregunté por su padre. Al parecer se recuperaba deprisa y estaba muy animado.

—Es un hombre fuerte y tiene ganas de vivir —dijo ella con tono alegre.

Molly no tenía novio. Me contó que durante la adolescencia había tonteado con un chico pero sin llegar a nada serio, ni formal. Fue nada más que eso: un romance adolescente sin especial trascendencia.

Yo le preguntaba que por qué no se animaba a empezar una relación con alguien de su edad, ella tenía su grupo de amigos en la ciudad y parecía contenta con la vida que llevaba. Además era joven y guapa. Molly solía responder que no quería conformarse con una relación que no la llenara. Sus palabras exactas fueron: "no voy a tener novio sólo para poder decir que tengo novio, y que así mis amigas no puedan sentirse superiores a mí".

Encontré aquella frase original. Según ella, había gente que con tal de no estar sola o de que "no se le pasara el arroz", terminaban por juntarse con la primera persona que estaba a su alcance sin preguntarse si ambos eran compatibles y qué posibilidades de llevar una vida plena juntos tenían.

Molly decía que en cuanto encontrase al hombre de su vida, lo sabría. Ella era partidaria de no forzar los acontecimientos. Prefería que el amor surgiera de modo natural, que estuviera basado en el alma y no en el físico.

"No entiendo a la gente que busca sólo sexo", decía ella, "el sexo no sirve de nada si no hay amor... Es destructivo". Las reflexiones de Molly me parecían muy peculiares para pertenecer a una chica tan joven. Sin embargo, algo de verdad habitaba en ellas.

Después de tomarse su café con leche de soja, Molly se despidió de mí el sábado. Aquel fin de semana transcurrió con toda la normalidad posible.

Incluso llevé a Rachel al cine a ver la película de Frozen. Cuando ésta acabó, mi hermana me preguntó si Elsa sería capaz de hacer un elefante congelado que pudiera moverse. Me hizo reír. Y por supuesto, le dije que sí.

Por desgracia, llegó el domingo por la noche. Rachel se había dormido en su cama y yo me revolvía bajo mis sábanas. No sabía qué era lo que más temía: si ver a John el lunes por la mañana, o enfrentarme a Carla el lunes por la tarde. Yo había guardado el sofisticado vestido turquesa en el mismo plástico en el cual mi jefe me lo había "entregado". Mi intención era devolvérselo, pero otra cosa es que lo consiguiera.

Me inquieté.

Después, para tranquilizarme, quise creer que enfrentarme al padre sería como una especie de entrenamiento para luego pelearme con su hija. "Sí, eso es", pensé antes de caer en un profundo sueño.

*

Fui astuta. El lunes salí de casa en cuanto llegó Molly a encargarse de mi hermana. Llegué veinte minutos antes. A las siete y veinte. John aún no había llegado y la señora de la limpieza, Jessy, se encontraba pasando el aspirador con afán en su despacho. Aproveché la oportunidad para entrar y dejar el vestido colgado dentro del armario. Lo cerré y salí de allí después de despedirme con amabilidad de Jessy –quien más de una vez me había traído galletas caseras para desayunar antes de que empezara la jornada–.

Me senté en mi mesa y esbocé una sonrisa triunfal. Mientras John no se molestara en mirar dentro del armario a lo largo del día, yo habría cumplido mi misión: devolver el vestido. Llegaron las ocho menos cuarto. Mi jefe apareció y nos saludó a todos con un extraño buen humor.

Entorné mis párpados en ademán de sospecha.

—Buenos días Sarah —susurró al pasar frente a mí.

Su característico olor a hombre recién duchado golpeó mis sentidos.

—Buenos días —respondí, fingiendo indiferencia mientras aparentaba estar concentrada en la pantalla de mi ordenador.

No obstante, en cuanto él entró en su despacho, le vigilé con atención. Maldije al ver que lo primero que hizo fue abrir la puerta del armario para comprobar –estoy segura– que el vestido azul estaba de vuelta. Y lo encontró. Cómo no.

Me preparé mentalmente para tener un nuevo enfrentamiento. De ninguna manera yo iba a quedarme en posesión de aquella prenda. El vestido no me servía para nada. Sencillamente no iba a utilizarlo. Y era caro. Además, yo nunca hubiese podido comprarme algo así por mis propios medios, por tanto, no lo quería.

Algo sorprendente ocurrió. No sólo John no vino a hablar conmigo, ni tampoco me llamó al despacho, si no que además se sentó en su mesa y comenzó a trabajar tranquilamente, sin hacer caso de lo que acababa de ver. Fruncí los labios, poco convencida.

Demasiado fácil. De pronto recordé su pregunta: "¿Sales con alguien?". Y recordé también que no llegué a contestarle. Entonces me asaltó una duda: ¿Se habría enfadado conmigo? Tal vez hubiese perdido el interés en pelearse con la testaruda de su secretaria Praxton. Me encogí de hombros, con cierta indiferencia.

Pero me sentí extraña. Por alguna razón la idea de que el señor Miller perdiese el interés en discutir conmigo no me resultaba del todo agradable. Resoplé. Ahí estaba el mal de todos mis males: en nunca sentirme a gusto con nada.

"Reconfigúrate, Praxton", me dije a mí misma con la intención de continuar trabajando con el Power Point.

Instintivamente dirigí mi mirada hacia el despacho de John y me encontré con sus ojos turquesas clavados en mí. Desvié mi mirada. Después traté de serenar mi respiración tras aquel repentino encuentro visual.

*

Cuando llegué a casa a la hora de comer me encontraba hecha un manojo de nervios. Molly había preparado unos tallarines para las tres. Los engullí deprisa porque casi no me quedaba tiempo para ir a la que seguramente sería la mansión de John Miller y empezar las clases de francés con Carla, su temible vástaga.

—Tranquila, Sarah. Mastica o te va a sentar mal —me ordenó Molly con un tono maternal.

Obedecí. Después miré el reloj con aprensión y comprobé que sólo quedaba una hora para las cinco y media de la tarde. Debía ser ágil. Me comí una manzana a la velocidad del rayo y fui a lavarme los dientes.

Cuando estuve lista para salir, le di un beso a Rachel, quien ya se había acomodado en el sofá, dispuesta a ver los dibujos de por la tarde. Me despedí de Molly y salí de casa.

Caminé por la acera. Y estaba tan ensimismada en la carretera intentando parar algún taxi que no me di cuenta de que un discreto Toyota Prius plateado se había detenido junto a mí. Simplemente lo pasé por alto.

Por eso, cuando ya había logrado captar la atención de un taxista que se detuvo a mi lado, John Miller se vio obligado a tocar el claxon para que me volviese a mirarle.

No me lo podía creer. Supe que no tenía muchas opciones.

—Lo siento mucho, al parecer no será necesario —le dije al taxista a modo de disculpa.

Éste gruñó. Pero aceleró y desapareció rápidamente de allí. Me subí en el Toyota a regañadientes.

—No te molestes en protestar —me saludó John con su particular tono autoritario.

Me retorcí en el asiento.

—No era necesa…

—He dicho que no, Sarah —zanjó él.

Su voz, aunque pausada y leve, sonaba imponente. Me silencié al instante. Tras unos minutos de calma en el que ninguno de los dos abrió la boca, John me dijo:

—Pensé que podría facilitarte las cosas si te recogía y después te llevaba a casa de vuelta, para que no tuvieras que preocuparte por el transporte.

No respondí. Vi que me miraba de cuando en cuando.

—¿No dices nada? —preguntó entonces.

Se me escapó una sonrisa de manera involuntaria.

—No sueles tener en cuenta mi opinión, así que lo que tú hagas estará bien —comenté con sarcasmo.

John frenó. Un semáforo escarlata nos obligó a

detenernos. Entonces me fulminó con sus ojos turquesas, brillantes e intensos. Supe que me había propasado –una vez más–.

—Yo te tomo muy en serio, Sarah. El problema eres tú, que cambias de opinión de la noche a la mañana.

Y estallé.

—Ya, debería de ir al psiquiatra, no vaya a ser que me dé un brote psicótico —ironicé.

—He dicho que no quiero discutir —estableció él por segunda vez.

—Eres tú el que quiere discutir —contesté yo.

Entonces John Miller echó a reír.

—Tienes razón. Perdóname. Es que no puedo resistirme.

Enarqué una ceja y después sonreí. Desde luego, aún no había perdido el interés en pelearse con la testaruda de Praxton. De pronto mi jefe pisó el freno y se detuvo junto a un emblemático edificio del centro de la ciudad. Parecía antiguo, pero reformado y en muy buen estado. Se encontraba entre otras dos construcciones adheridas a él, muy propio de los edificios urbanos.

—Es aquí —dijo él —.Encontrarás a Carla en el tercer piso.

—¿Y tú? —pregunté casi suplicante.

Me daba pavor presentarme ante su hija sin él. Si la

vez anterior había sido el zumo… ¿Qué haría ahora?

—Yo iré a aparcar el coche. Luego te llevaré a tu casa.

Asentí con la cabeza y me bajé del Prius. Después me abroché bien la chaqueta y me alisé los pantalones con las manos. Sujeté mi bolso con fuerza contra mi costado y comprobé que llevaba todos los libros que necesitaba, al menos para la primera clase. Entonces, con lentitud y cierto temor, me aproximé hasta la puerta principal toqué el timbre tímidamente.

Al momento, una mujer vestida con pantalones negros y una camisa de mangas francesas blanca impoluta me abrió la puerta.

—Usted debe de ser la señorita Praxton —dijo ella con amabilidad —.Sígame.

No parecía sobrepasar los cuarenta años. Tampoco era especialmente guapa. Sin embargo, su rostro era muy agradable y tenía una sonrisa sincera.

Me fijé detalladamente en la decoración. Las alfombras me recordaban a las de los grandes palacios europeos. Las lámparas también tenían ese aire *vintage*.

Pensé que John era un hombre muy clásico en cuanto a mobiliario. Aquella mujer me guió hasta un ascensor de puertas de madera, perfectamente camuflado con el terreno.

Ella lo llamó, pulsando un botón antiguo, recubierto de madera.

—Encontrará usted a la señorita Carla en la

tercera planta —dijo ella —.Mi nombre es Brigitte y trabajo aquí. Si necesita algo, estaré en la cocina, en la segunda planta.

Brigitte se alejó. Yo entré en el ascensor y en dos minutos éste se abrió en el tercer piso. Abrí la boca, pasmada. Ante mí se extendía un enorme salón decorado de forma minimalista, en tonos claros, en cuyo centro se encontraba una gran alfombra fucsia peluda.

No vi a Carla allí. Entonces me fijé y advertí que había una puerta gris al final de aquella estancia. Estaba entreabierta. Me acerqué, despacio.

—¿Carla? —pregunté en voz alta —. Soy Sarah Praxton.

No hubo respuesta. Caminé más deprisa. Me armé de valor y me asomé por la rendija de puerta que quedaba abierta. Temí por lo que pudiera encontrarme. Por mi mente se deslizaron un montón de cosas –ninguna buena–: un chico, condones, heroína, morfina, tabaco, Facebook, Tuenti o Twitter –o todo junto–. Un cóctel inmejorable.

Respiré aliviada al comprobar que Carla únicamente estaba tumbada sobre una cama enorme con un antifaz puesto y con unos auriculares conectados a tal volumen que hasta yo pude escuchar la música. Supe lo que debía hacer.

Me aproximé despacio y localicé su Iphone, al cual estaban unidos los cascos. Lo primero que hice fue desconectarlos. Después me acerqué a su cara de ángel y con cuidado, retiré el antifaz hacia su frente, para que la luz atravesara sus párpados sin piedad.

Entonces ella chilló histéricamente. Se levantó de la cama y comenzó a gritarme:

—¡Has invadido mi intimidad! ¿Acaso no tienes educación? ¡Vete de aquí! ¡No quiero verte!

Me señalaba la puerta con su dedo estirado mientras me miraba con verdadera furia. Sus ojos claros relampaguearon, no tanto como los de John pero lo suficiente como para considerarla digna hija de su padre.

No respondí. Ni siquiera me alteré. De alguna manera, me esperaba que ocurriese algo semejante, así que no me dejé sorprender por lo aparatoso de la situación. Por el contrario, me senté sobre su cama y esparcí mis libros. Escogí con el que comenzaríamos a repasar lo más básico. Lo abrí y saqué un cuaderno tamaño cuartilla de mi bolso. Después me quité los zapatos y me situé frente a los apuntes con las piernas cruzadas, sobre el edredón.

—¿Qué haces encima de mi cama? ¿Estás loca? —gruñía ella.

—No veo ninguna mesa. Ni aquí, ni ahí fuera. En algún sitio tendremos que trabajar —contesté con voz suave. La miré con cierta compasión.

—No quiero trabajar —espetó ella.

—Bien —dije llanamente.

—¿Bien? ¡¿BIEN?! ¿Y por qué sigues encima de

mi cama?

—Porque yo sí quiero trabajar —dije sin mirarla, mientras leía unos párrafos del libro y copiaba frases en el cuaderno.

Entonces Carla se echó a llorar desconsoladamente. "Tal vez esté realmente fuera de sí. A lo mejor necesita tratamiento psicológico", pensé. Aquel llanto amenazó por ablandarme. Pero no me dejé acongojar. Aún no tenía nada claro que aquellas lágrimas no fuesen otra cosa que un sucio chantaje emocional.

—¡No quiero ir a París a estudiar, Sarah! —chilló ella —.Mi padre sólo quiere perderme de vista. Así no le molestaré.

Abrí mucho los ojos. Incrédula. Atónita. ¿Serían aquellas palabras también un chantaje? ¿O estaba siendo sincera?¿Y si Carla no era tan retorcida como yo creía? ¿Y si sólo se trataba de una niña asustada?

No pude contenerme más.

—Ven, siéntate aquí a mi lado. Ahora – dije de manera imperativa.

Ella me observó con desconfianza. Pero pasados unos segundos, obedeció sin rechistar.

—¿Has ido a Ibiza este fin de semana? — pregunté.

—No. Mi padre me dijo que tenía que estudiar lo que me habías mandado —su tono sonaba a reproche.

De pronto, me sentí muy orgulla de John.

—Tu padre quiere lo mejor para ti —establecí firmemente.

—Casi no le veo. Ni me conoce. ¿Tú crees que quiere lo mejor para mí? —preguntó ella con pasotismo.

Me sorprendía cada vez más aquella sinceridad aplastante. Aunque realmente, no me estaba diciendo nada que yo no hubiese sospechado antes.

—Todos los padres quieren a sus hijos, Carla. Sólo que el tuyo, tal vez lo esté pasando mal por lo que os pasó y no sepa como salir de su propio agujero. ¿Lo has pensado?

Ella me miró compungida. Temí haberme excedido con aquel comentario. Le entregué el cuaderno.

—Señala los errores que hay en esta redacción. Quiero comprobar tu nivel

—¿Quieres que lo corrija? —preguntó ella.

—Sí.

Poco a poco, la tarde se fue haciendo más llevadera. Pero no quise confiarme. Carla no parecía una adolescente muy estable y yo sabía que podía volverse contra mí en cualquier momento.

Rozando el cielo

11

La semana siguiente John Miller tuvo que viajar a Rusia, así que no me quedó más remedio que coger un taxi todos los días para ir a darle clase a su hija.

La relación con mi jefe se había estabilizado, más o menos. Cuando él me llevaba en coche hasta su casa, solía contarme sus preocupaciones respecto a la empresa y también me comentaba los libros que se había leído últimamente. Me costó reconocer que yo disfrutaba de aquellos veinte minutos de viaje, al ir y al regresar. Él siempre me sonreía al despedirse.

En la oficina todo continuaba según la normalidad. Nuestro rol jefe–secretaria logró mantenerse lo suficiente como para que trabajar juntos fuese cómodo. A excepción de aquella última semana, en la que el señor Miller tuvo que viajar y yo me quedé sola organizando sus informes, reuniones y demás asuntos.

Hoy era el último día antes de que John regresara. Como siempre, saludé a Brigitte y subí en el ascensor hasta el tercer piso.

Allí esperé a que Carla saliera de su habitación — habíamos acordado que yo no entraría sin su permiso pero que ella sería puntual en nuestras clases y saldría a recibirme a la hora exacta: las cinco y media—.

Pero no salió. Esperé diez minutos más.

Durante aquel rato reflexioné acerca de cómo había ido evolucionando el extraño vínculo que se había formado entre aquella adolescente y yo.

Carla nunca me trataba con cariño ni con respeto. Solía ser desagradable. No me saluda y a duras penas conseguía que me mirase a los ojos cuando le estaba explicando algo. Pero el hecho de que se estuviese dejando enseñar, al menos un poquito, para mí ya era un triunfo. Con el paso de los días, dejé de juzgarla. Por el contrario, decidí tratar de comprender qué se escondía detrás de aquel comportamiento tan hostil.

Obviamente, muchas ideas acudieron a mi cabeza: la muerte de su madre, el exceso de horas de trabajo de su padre, el exceso de dinero a su disposición a tan corta edad, las nuevas tecnologías, la presión social... Entonces pensé que tal vez lo que le hacía verdadera falta a esa niña era simplemente un poco de amor.

Y aquello se conseguía tratándola bien y con respeto a pesar de todos sus desaires y desprecios. Y así lo vine haciendo hasta entonces.

Me tragué todas sus malas palabras y retiré de mí misma las ganas de contestarla y rebajarme a su nivel.

Supe que cada vez que yo me retraía y la miraba con compasión, ella se sorprendía y trataba de defenderse levantando un muro entre ambas. Básicamente me ignoraba.

Miré el reloj. La puerta de su cuarto estaba cerrada. No había señales de Carla por ningún lado.

Me acerqué y toqué suavemente con mis nudillos.

—¿Carla? —pregunté.

No hubo una respuesta… Directa. Pero escuché algo.

De nuevo se apoderó de mí el pensamiento de: "drogas, alcohol, condones, facebook, instagram y demás". No quería pillarla en una situación incómoda. Yo no era su madre, y ni mucho menos, su padre.

Volví a golpear la puerta, pero con algo más de ánimo.

—¡Déjame Sarah! —gritó ella en mitad de un sollozo.

Escuché claramente como su llanto aumentaba de volumen. ¿Qué podía haberle ocurrido? Deduje que teniendo la edad que tenía, lo más probable hubiese sido que algún chico le hubiese hecho daño. Mal de amores, tal vez. Me armé de valor para entrar e invadir su sacrosanto espacio personal. La encontré tumbada en la cama, boca abajo y temblando y sollozando al mismo tiempo. Completamente derruida.

Se me partió el corazón.

Me senté a su lado, en la cama y puse mi mano sobre su espalda. Ella parecía no tener fuerzas ya para reclarmarme.

—¿Por qué sufres tanto? —pregunté en un susurro —.¿Hay algo que pueda hacer por ti?

Noté que se convulsionaba y comenzaba a llorar con más fuerza. Se acurrucó y cogió sus rodillas con sus brazos, dándome la espalda. Entonces detuvo por un momento los gemidos y dijo en voz baja, con un tono casi imperceptible:

—Nadie me quiere, Sarah.

Me quedé bloqueada ante aquellas palabras. ¿Qué iba a responder yo? "Todo el mundo se siente solo de vez en cuando", pensé. "Aunque esta niña parece que está sufriendo constantemente..." reflexioné después.

"Tal vez esté realmente sola", fue mi conclusión. En lugar de responder, decidí preguntar.

—¿Por qué dices eso?

Carla guardó silencio. Y entonces tuve la mala idea de continuar hablando.

—Tu padre te quiere.

Ella se giró hacia mí con su mirada cargada de rabia.

—Él menos que nadie —profirió con dificultad.

Y se volvió a tumbar, encogiéndose hasta quedar hecha un ovillo. Me levanté y di la vuelta alrededor de la cama. Después me agaché hasta quedar cara a cara con Carla.

—Dime por qué —insistí.

Sus ojos claros estaban cargados de lágrimas y muy enrojecidos. Debía de llevar un buen rato llorando.

—Porque le echo de menos. Y no se da cuenta.

—Pero eso es muy bonito, Carla. ¿Cómo no iba a darse cuenta de que le echas de menos? Es lo más natural. Es tu padre —dije yo.

Vi cómo derramaba una nueva lágrima.

—Le he llamado hace un rato para preguntarle que a qué hora va a volver mañana… Por si podía llevarme con él a ver el nuevo musical que hay en el centro, en el teatro… – comenzó a contarme.

Emitió un respingo y se enjugó otra lágrima.

—¿Y qué te ha dicho? —quise saber.

—Que no cree que pueda. Y que no le molestara más porque estaba en una reunión —susurró.

Yo, que había pensado que Carla estaría llorando por un corazón roto, ahora me replanteaba de nuevo la situación. Que una adolescente llorase por un chico descarado, lógico y habitual. Que una adolescente llorase porque echar de menos a su padre, indignante.

Le acaricié el pelo de manera maternal.

—Tu padre es un hombre complicado —dije yo —.A mí también me dice esas cosas cuando trabajo con él. Es su carácter… Pero eso no significa que no te quiera, Carla. Si no, no se preocuparía por ti.

Ella cerró los ojos y los apretó con fuerza, haciendo una mueca de tristeza. Me di cuenta de que no podía contenerse.

—Está bien… Tranquila… Shh… —dije—. Si quieres hoy mejor descansamos. Puedo irme si necesitas estar sola.

Como Carla no decía nada, me incorporé y caminé despacio hasta la puerta de su habitación. La miré antes de salir. Continuaba hecha un ovillo, respirando agitadamente. Muy decaída. Atravesé su enorme sala de estar hasta llegar al ascensor. Pulsé el botón.

Pero entonces escuché una voz detrás de mí. Un débil y apagado:

—No te vayas Sarah. Por favor.

Me giré y vi a Carla, con un pijama rosa, cuya parte de arriba estaba algo mojado por sus lágrimas. Me fijé en su rostro. Además de los ojos enrojecidos, tenía unas ojeras muy profundas y su cabello estaba completamente despeinado y encrespado.

Me acerqué a ella. Y entonces Carla me abrazó y empezó a llorar desconsoladamente sobre mi hombro.

—Estoy tan sola… —sollozaba ella—. No tengo a nadie con quien hablar.

Parecía tan sincera, tan desgarrada por dentro. Y, sobre todo, tan joven para sentirse tan mal.

—Tranquila. Llora, lo necesitas —le dije con ternura.

No me atreví a preguntar por sus amigas. Lo cierto es que, rara vez tienes la suficiente confianza con un amigo como para llorar en su hombro y confesarle tus penas más profundas. De hecho, es algo que se suele hacer con una madre o un padre. O con un marido o eposa.

Pero Carla había perdido a su madre, no creí que tuviera novio —y de tenerlo, a la vista estaba que no servía de mucho— y su padre estaba tanto o incluso más hundido que ella.

Lo que pasa que John lo manifestaba de otra forma: volviéndose adicto al trabajo y dando de lado todo lo demás. Sentí una infinita compasión por ambos.

—Ven, vamos a sentarnos —le dije.

Volvimos a su cama y ella se acurrucó, apoyando su cabeza sobre mi regazo.

—Cuéntame. Habla todo lo que necesites —la animé.

Una pequeña y tímida sonrisa se asomó por su rostro.

—Gracias por quedarte —me dijo.

Yo también sonreí.

—También echas de menos a tu madre —me atreví a hacer aquel comentario porque sentí que Carla necesitaba hablar de ello.

La hija de John asintió. Sus ojos se empañaron, pero parecía dispuesta a dejar salir sus sentimientos. Escuché, cargada de comprensión y paciencia.

*

Llegué a casa extenuada. Hasta Molly se asustó. Rachel estaba jugando con sus construcciones en el salón cuando yo me senté en el sofá.

La miré.

Por primera vez me planteé la posibilidad de que mi hermana tuviese más capacidad para ser feliz que cualquier ser humano del planeta.

Era inocente, estaba llena de amor y no conocía la ambición ni la codicia. Con unas pinturas de colores, un cuaderno y unas construcciones era feliz. Tanto Molly como yo la queríamos, le cocinábamos comida sana y, sobre todo, le hacíamos mucho caso, intentando que se sintiera aceptada e integrada.

La observé con detalle. Sonreía a ratos. Y parecía muy concentrada. Di gracias a Dios porque a pesar de su enfermedad, tuviese una familia que la quisiera y ella fuese una niña tan alegre. Se me escapó una pequeña lágrima.

Molly se sentó a mi lado, expectante.

—No quiero ser cotilla... Pero ha tenido que pasar algo serio para que estés así —dejó caer ella.

—No te preocupes Molly... En realidad no ha ocurrido nada malo. Es solo que Carla estaba bastante decaída y se ha echado a llorar porque echa de menos a su padre.

Molly se retiró el pelo de la cara y me observó con

renovado interés.

—Aunque no me fío de esa cría… Tiene sentido —comentó después.

La miré con complicidad.

—Parece mentira. Una niña que lo tiene todo: dinero, una casa grande, una gran habitación, un buen colegio, amigas, un padre de la "alta sociedad"… Y a la vez no tiene nada.

—¿De qué sirve tener cosas, Sarah? —me preguntó Molly después —.Las cosas son cosas. Somos adictos a las cosas. Y no nos damos cuenta de que deberíamos ser adictos a las personas.

Eché una carcajada. Pero Molly tenía razón.

—¿Adictos? —pregunté con sarcasmo.

—Tanto como adictos no. Lo que quiero decir es que no necesitamos tanto para ser felices. Lo único que que tenemos que hacer es comer sano y estar contentos dando amor y recibiéndolo, por supuesto.

—Molly me siento como si estuviera en una iglesia escuhando misa, deja de hablar así por favor… —dije yo riéndome —.Pero está bien. Tienes razón. Estamos obsesionados con tener pero se nos olvida dar.

Molly se marchó media hora más tarde. Aquella noche, antes de dormir, empecé a encontrarme mal… Me dolía todo el cuerpo. Me sentía destemplada. "Mañana será otro día", pensé.

*

Y fue otro día. Un día que empezó de color negro azabache. Empezó en el retrete, exactamente. Tuve que levantarme a vomitar a las cinco de la madrugada.

Qué sensación más espantosa. Afortunadamente, Rachel no se despertó para ver aquel horror y asustarse. Mi hermana solía ponerse muy nerviosa cuando me daba fiebre o me pillaba algún virus. No soportaba verme en la cama con cara de moribunda.

La primera vez que me vio cuando cogí la gripe se echó a llorar. "¿No te vas a morir, verdad?", me había preguntado asustada.

Mejor que no se hubiese despertado. Tampoco la desvelé cuando me levanté a vomitar a las seis, y a las siete.

Para cuando llegó Molly, mi cuerpo estaba absolutamente devastado. Me mareaba por momentos. Asumí que tendría que avisar al señor Miller de que no iría aquella mañana a trabajar.

"Mal día", pensé. "Qué mala suerte, justo cuando acaba de volver de viaje. Se va a enfadar", profeticé con pesimismo.

Molly entró en mi habitación.

—Uf, cómo huele aquí —dijo ella asqueada —. Te voy a preparar la limonada que hacía mi madre cuando nos poníamos malos. Ya verás qué bien.

Se marchó a la cocina. Y yo me quedé sola con mis náuseas.

No alcancé ni a susurrar un "gracias Molly, eres un ángelnoséquéharíayosintiporelamordeDios no te vayas".

Cerré los ojos, tratando de relajarme para controlar mis retortijones. ¿Qué había podido comer yo para estar así? ¿Acaso había alguien enfermo en la oficina?

Hice memoria. Pero no recordé a nadie. Bueno, a nadie excepto a la señora Holt, una directora de departamento que había estado dos días de baja por un virus. ¿Pero sería ése el virus culpable?

Resoplé. Qué más daba el culpable. Ahora tenía que pelearme yo con él. Resignada al ver que las cosas no iban a mejor, cogí mi Blackberry —o fresa negra para esclavos— que estaba en mi mesilla y le envié un correo electrónico al señor Miller, diciéndole que por desgracia me encontraba muy indispuesta y que no me veía ni siquiera capaz de salir de la cama. Que al día siguiente me pondría al día y que perdonase las molestias.

Recé porque John fuese comprensivo.

Quince minutos después apareció Molly con una jarra llena de limonada. Sólo con olerla me sentí morir.

—Oh… De verdad, no sé si voy a poder beberme eso —dije compungida.

—Claro que sí —contestó ella con tono amenazante —.A sorbitos. Un sorbo pequeño cada cinco minutos. ¿Entendido?

Su voz autoritaria no dejaba más opciones. Asentí con

la cabeza mientras ella vertía un poco de aquel líquido amarillento en una taza.

—Toma.

Obedecí y bebí un pequeño trago. Después lo dejé en la mesilla.

—Gracias Molly —dije.

Ella sonrió y se marchó para preparar el desayuno de Rachel. Pasados cinco minutos, bebí otro sorbo de limonada. Misteriosamente, me sentaba bien. "A ver cuánto dura", pensó mi yo más pesimista. Traté de cerrar los ojos. Tal vez si dormía, mis náuseas cederían durante algún rato.

Molly vino a verme pasada media hora. Fue a sentarse en la cama, a mi lado.

—¡No te acerques! No vaya a ser que te contagie —advertí yo con preocupación.

Ella rió.

—No lo creo. ¿Estás tomándote lo que te he traído? —preguntó.

—Sí, poco a poco.

—Muy bien. Voy al salón con Rachel, dentro de un rato la sacaré al parque.

Molly se marchó de nuevo. Y entonces mi Blackberry empezó a sonar. Estiré mi brazo mientras emitía un gemido de esfuerzo hasta alcanzar el pequeño aparatito sobre mi mesilla. Un número de teléfono muy grande rebotaba contra la pantalla.

Supe, casi con total seguridad, que se trataría de John.

—Diga —respondí con voz arrastrada y tenue.

—Te he mandado un médico. Llegará en un cuarto de hora —dijo él a modo de saludo.

—John, no necesito un médico. Necesito tiempo y limonada —contesté —.Que no se moleste en venir.

—No seas tan rígida, Sarah. Si estás mal, estás mal.

Las náuseas regresaron con más fuerza. No podía continuar con la conversación. No estaba en condiciones de discutir con mi jefe.

—No puedo hablar ahora. Dile a Carla que no iré esta tarde.

Y colgué. Casi podía escuchar los gruñidos de John Miller dentro de mi cabeza. Pero no tuve tiempo de centrarme en ellos. Me vi obligada a salir corriendo hacia el baño para vomitar de nuevo. Maldito virus.

Cerré los ojos y me concentré en estar relajada. Pero antes, puse en silencio la Blackberry. Cuando creí haberme dormido, escuché algo parecido al sonido de un timbre en lo más profundo de mi subconsciente.

Unos golpes en la puerta de mi habitación me sacaron de mi estado de duerme–vela. Vi a una mujer bajita, de cara agradable y pelo muy corto que no conocía.

—Soy la doctora Sheyton —saludó ella.

Avanzó sin miedo. Vi que llevaba un termómetro en la mano. Era de esos que se apoyaban en el oído y se metían en el canal para medir la temperatura de la membrana timpánica.

Pitó.

—Treinta y siete con cuatro. No está mal. No tienes fiebre —dijo con una sonrisa —.¿Cómo te encuentras, Sarah?

Le conté que había vomitado varias veces, que tiritaba y que me encontraba como si una manada de vacas indias sagradas me hubiese pisoteado en una estampida.

Me dijo lo único que podía decirme: "procura reposar y bebe Aquarius o limonada. Después haz dieta blanda, arroz, caldo y zanahorias."

—Gracias doctora Sheyton —le dije a la hora de despedirme.

Media hora más tarde, decidí enviarle a John un correo electrónico para contarle lo que me había dicho el médico. Pero antes de que pudiera escribir nada, él ya me estaba llamando.

—Acaba de irse —le dije al auricular –. Me ha dicho que repose, John. Nada nuevo.

—Te llamo para que me abras la puerta de tu casa, no quiero llamar al timbre por si está tu hermana durmiendo.

Contuve un grito de rabia.

—Mire, señor Miller, es mejor que no pierda el tiempo en mi casa. Sólo necesito cerrar los ojos y controlar las náuseas y usted me lo está poniendo difícil —dije, comenzando a tratarle de usted para ver si así se daba por aludido.

Pero tarde, había colgado. Escuché que Molly abría la puerta de casa y una voz masculina saludar. Después oí un gritito de alegría de Rachel, que adiviné, estaría aún desayunando –mi hermana tardaba siglos en desayunar–. Aquello lo denominé: efecto John.

Cerré los ojos y me hice la dormida.

—No estás dormida, Sarah. Acabamos de hablar por teléfono —dijo él desde la entrada —. Te he traído Aquarius. He hablado por teléfono con la doctora Sheyton y me ha dicho que podría ayudarte.

Elevé mis párpados hacia él. Iba vestido con un pantalón beige –un pantalón que yo ya conocía, se lo ponía mucho– y una camisa de rayas azules y blancas que le quedaba francamente grande.

Claro que John era un hombre muy delgado y bastante alto. Sus ojos azules parecían relajados y su cabello rubio estaba aún húmedo por la ducha que se habría dado aquella mañana. Me sonrió.

Sentí que algo se detenía dentro de mí. ¿Qué podía decirle?

—Gracias —fue lo primero.

Pero algo estaba mal. Me sentía horrorosa. Y eso que yo tenía una autoestima a prueba de bombas. Sin embargo no estaba bien que John Miller estuviera delante de mí, delante de mi cama, exactamente y yo con los pelos de cualquier manera, el aliento horrible por haber vomitado y los ojos llorosos por las constantes náuseas y la tiritona. No era un aspecto presentable. Pero a él le daba igual: a la vista estaba.

Me dejó la botella de Aquarius en la mesilla y se sentó en la cama, junto a mí. Yo me tapé hasta el cuello con el edredón, comenzaba a tener más frío.

—No te quiero pegar el virus —advertí —.No te acerques mucho.

John echó a reír.

—Soy mayorcito ya. No habrá nada o casi nada contra lo que no esté inmunizado.

Aquel comentario me sacó una sonrisa.

—Ve a trabajar —le dije con cierta ternura —.Estaré bien, te lo prometo. No merece la pena que te quedes aquí.

—Ya he avisado de que hoy no voy a estar disponible. He cancelado la reunión que tenía. Además Carla va a venir a verte dentro de un par de horas…

—¿Qué? A ella sí que se lo puedo pegar.

—Tenía tantas ganas de verte que no he sido capaz de negarme —respondió él —. Parece que le caes bien.

Sonreí con cierta tristeza.

—Si pasaras más tiempo con ella verías lo especial que es —comenté —. Creo que te echa de menos.

No me atreví a contarle el episodio del día anterior. Aquello sería un secreto entre Carla y yo. Pero eso no quitaba que no pudiese intentar que su padre abriese un poco los ojos.

De pronto, Molly abrió la puerta la habitación.

—Sarah, voy a sacar a Rachel a pasear. Compraremos pan e iremos al parque… Hoy hace un día estupendo —dijo ella —. ¿Quieres que te traiga algo?

—Muy bien, Molly. Si puedes comprarme un kilo de arroz, te lo agradecería…

—De acuerdo. Hasta luego, John —se despidió ella con su habitual sonrisa.

Mi tiritona se hizo más fuerte. Las náuseas mejoraron un tanto, pero mi malestar general empeoraba.

John estuvo a mi lado durante toda la mañana. Miraba su móvil o me miraba a mí. Incluso llegó a cogerme un libro de la estantería para leer mientras yo luchaba contra la modorra y las náuseas. En ocasiones me preguntaba que qué tal me encontraba y que si necesitaba algo. Después charlábamos un poco de cosas superfluas y a veces de Terrarius y de sus accionistas minoritarios –que según John también podía llamárseles *idiotas minoritarios*, ignoro el porqué–.

Pero yo estaba cansada, tenía el cuerpo absolutamente extenuado y me daba un apuro terrible cerrar los ojos y tratar de dormir con él delante.

—¿No te aburres? —le pregunté con cierto

sarcasmo. Él me sonrió.

—En absoluto —dijo —.Toma, bebe.

Me acercó la taza de limonada. Di un sorbo y se la devolví. Decidí que debía descansar, ya no podía evitar que mis párpados cayeran.

—¿Te importa que duerma un poco? —le pregunté.

—Claro que no. Descansa lo que necesites.

Asentí y cerré los ojos. Me di cuenta de que estaba nerviosa. No era muy habitual tener a tu jefe en tu casa, en tu cama, mirándote a los ojos mientras te mueres de ganas de vomitar, pero dadas las circunstancias tuve que reconocer que la realidad era otra: John y yo habíamos cogido confianza últimamente.

No mucha, pero la suficiente como para poder decir que había cierta amistad entre nosotros. Poco a poco, me fui relajando. Mi respiración se hizo profunda. Pero yo aún conservaba algo de lucidez. La suficiente.

Por ello mi corazón comenzó a latir con fuerza cuando sentí que John se tumbaba a mi lado, sobre el edredón y pasaba su brazo alrededor mío.

—Yo también tengo algo de sueño —susurró él —.¿Te importa que me tumbe?

No supe cómo reaccionar.

— Ajá —musité de manera casi inconsciente —.Pero quítate los zapatos o me vas a manchar el edredón —terminé por murmurar.

Él rió.

Me desconcerté al darme cuenta de que aquello me agradaba. Él me daba calor y yo tenía frío. Entendí: debía ser que me estaba viendo tiritar. Casi media hora más tarde, por culpa de las náuseas que no me dejaban dormirme del todo, yo aún me encontraba en la frontera entre la conciencia y el sueño.

Entonces, John —tal vez pensando que yo ya no escuchaba— susurró algo cerca de mí.

—Me tranquiliza saber que existes.

Mi corazón se aceleró repentinamente. Pero decidí fingir que no había escuchado nada.

Rozando el cielo

12

—Lo sabía —susurré cuando vi pasar a John corriendo frente a mi mesa de camino al baño.

Lo raro hubiese sido que John Miller no se hubiera contagiado. El día anterior, a excepción de aquella frase tan desconcertante, terminó de una manera muy entrañable. Cuando mi jefe se levantó de la cama, fue a la cocina para ayudar a Molly y darle conversación. Creo que hasta se puso a jugar a las construcciones con Rachel –por lo que Molly me contó–.

Por la tarde vino Carla. Yo no creía que la hija del señor Miller fuese a ser capaz de presentarse en mi casa para ver cómo me encontraba. Pero me sorprendió. Entró en mi cuarto. Entonces yo me semiincorporé en la cama y le sonreí.

—Hola Sarah —dijo ella con voz débil—

.¿Puedo acercarme?

No estaba segura de cuánto sería aquel virus de contagioso.

—Sólo hasta los pies de la cama. No avances más porque no quiero pegártelo —advertí.

Me pareció increíble ver a aquella niña allí, frente a mi colchón, en mi habitación –tan diferente de la suya–.

—Es que tengo que contarte algo —dijo ella con preocupación—.No sé con quién hablar... Y mi padre no creo que vaya a entenderme.

Aquello fue justo lo que habían necesitado mis náuseas para descontrolarse más de la cuenta. ¿Pero cómo iba yo a negarme a hablar con ella? Tal vez tuviese algún problema hormonal –esas cosas que se hablan con las madres y no con los padres–.

—Cierra la puerta y siéntate en esa silla —le dije.

Ella obedeció y después de echar el pestillo se sentó al lado de la ventana.

—He conocido a un chico —dijo de golpe —.Bueno ya le conocía... Es del instituto y a veces coincidimos... Pero me gusta.

Carla había cogido carrerilla. Yo la observaba, reflexiva. Hasta el momento no me había dicho nada que fuese extraño en una chica de su edad.

—¿Y qué es lo que te preocupa? —pregunté con temor.

Ahora supuse que vendría el verdadero problema.

—Pues que se ha tirado a mi mejor amiga y ahora quiere salir conmigo… Y no sé si es buena idea.

No tuve que pensar.

—No lo es —afirmé tajantemente —.Es, de hecho, una idea terrible.

—¿¡Pero por qué, si él me gusta?! —estalló Carla de pronto.

Al ver sus ojos llenos de lágrimas comprendí que sería difícil hacerla entrar en razón.

—¿Él y tu amiga eran novios? —pregunté primero.

—No… Fue un lío de una noche.

Me recorrió un escalofrío. ¡Tenían dieciséis años! Si Molly la hubiese escuchado… Menuda colleja se hubiera llevado.

—¿Y tú crees que te conviene salir con un chico que le da igual con quién se acuesta? Escucha Carla, el sexo es algo muy íntimo y muy especial, no es un simple beso, ni es como ir a tomar un café, ni es cómo jugar a los bolos… Es algo que une a dos personas mucho… Y que si no lo has pensado primero, te puede hacer sufrir. Y ese chico, si sales con él, va a querer sexo… Pero sólo para pasar el rato. ¿Entiendes?

—Sí —musitó ella —. Pero si él me gusta… ¿Por qué no iba a poder acostarme con él?

—Puedes —le dije —.Pero también puedes arrepentirte después. Mi consejo es que esperes y le conozcas bien. Nunca sabemos cuándo nos pueden sorprender.

Ella había asentido despacio, pese a que no me pareció muy convencida. Tuve que ser consciente de que cada persona comete sus propias equivocaciones, de las cuales se puede aprender o no. Y tuve que recordármelo varias veces para no ser demasiado maternal con una niña que no era hija mía ni ir corriendo a cortarle los testículos al niñato de turno que quería meterse en sus bragas.

Respiré hondo. Entonces pensé que tal vez debiera de hablarlo con John. "No, espera", pensé, "eres la profesora de francés, no su niñera, ni su madre, ni la madrastra", me dije a mí misma. ¿Debía contarle a John lo que le pasaba a su hija por la cabeza?

Eso era lo que yo me había estado preguntando antes de que mi jefe pasara corriendo en dirección al baño por delante de mi puesto de trabajo.

Previsiblemente para vomitar. Por suerte, a mí el virus sólo me duró unas veinticuatro horas y pude volver a trabajar al día siguiente.

Me levanté de mi mesa y me encaminé también hacia los servicios. Algo me dijo que el señor Miller iba a necesitar ayuda. Los lavabos de hombres estaban justo delante de los de señoras, separados por un estrecho pasillo. Puerta frente a puerta.

—¿John? —pregunté elevando mínimamente la voz.

Me asomé despacio, por si había alguien más dentro.

—Pasa —escuché débilmente.

Lo encontré en pie frente a los lavabos, pude ver su cara más pálida que de costumbre reflejada en el espejo. Sus ojos azules parecían cansados.

—Tal vez… Deberías marcharte a casa… ¿Has llegado a vomitar? —le pregunté.

Él asintió con la cabeza. Le observé de nuevo en el reflejo. Se encontraba levemente inclinado hacia delante, apoyado en la repisa, como si le costara mantenerse en pie.

Después miré hacia la derecha, esperando ver mi cara. Me di cuenta de lo bajita que era a su lado. Aunque no sabía por qué me sorprendía, cada vez que hablaba con mi jefe, tenía que flexionar el cuello hacia atrás y elevar la vista para poder mirarle a los ojos. Cuando me vi junto a John en el espejo tuve que contener la risa. Físicamente, yo era la mitad exacta de él.

—¿Qué te hace tanta gracia? —preguntó John con el ceño fruncido.

Realmente era un tontería.

—Es que eres casi el doble de alto que yo. Es casi cómico… Y eso que llevo tacones —dije— .Parecemos pin y pon.

Me arrepentí al instante de haber dicho aquello. Una frase muy infantil en un pésimo momento. Además de no venir a cuento de ninguna manera. Sorprendentemente, él echó a reír también.

—Vete a casa —le dije seria —.Te he debido de pegar

el virus.

John me miró con resignación. Fue la primera vez que le vi ceder.

—Cancela la reunión de las diez, Sarah —fue lo último que me dijo antes de salir del baño.

*

—¿En serio, Sarah? ¿Pin y pon? —me preguntaba Molly con incredulidad.

Le había contado la escena del baño. Ella reía a carcajadas.

—Es sólo que me pareció gracioso. ¿Y qué querías que le dijera? ¿Hola, soy tu loba? —pregunté con sarcasmo.

Molly rió más fuerte.

—Tal vez te hubiese contestado algo como: "y yo tu cazador" —dijo ella mientras una lágrima de risa se escapaba por su mejilla.

Le eché una mirada fulminante.

—Estoy bromeando, Molly. Aprecio al señor Miller, pero nada más.

Ella me miró de soslayo, vi que contenía una sonrisa que luchaba por abrirse paso en sus labios. Decidí ignorarla para centrarme en comer. Molly había preparado unos espaguetis con champiñones y aceite de trufa. Su sabor era fuerte pero me gustaban.

Me gustaban más que el rumbo que estaba tomando nuestra conversación. Engullí deprisa. Se me hacía tarde. Debía estar a las cinco y media en la habitación/loft de Carla para continuar las clases de francés. (Y tal vez, también para hablar de por qué no debía acostarse con un chico sin conocerlo primero).

—Desde fuera se ve muy distinto, Sarah —me dijo Molly mientras me tomaba el yogur de postre—.Yo veo que John y tú tenéis algo especial. Sois muy tiernos.

El yogur eligió entrar por mi tráquea, arrancándome un ataque de tos perruna. Bebí agua un par de veces antes de rebatir a Molly.

—Tienes unas ideas de bombero. Soy tierna porque es mi jefe y no puedo decirle las cosas de una manera más brusca.

—¡Pero qué dices! Lo extraño es que con lo brusca que eres, él siga ahí detrás de ti.

Tosí de nuevo.

—Deja el tema, Molly. John es mi jefe, es un hombre viudo, medio adicto al trabajo, se siente solo y es caprichoso, además de que podría ser mi padre. ¡No me verás con un hombre así ni en un millón de años!

—Hubiese sido un padre muy precoz —añadió ella.

—He dicho que no sigas por ahí —amenacé.

Rachel estaba durmiendo la siesta, agradecí que no

tuvera que escuchar aquello. Molly decidió guardar silencio, pero su rostro me indicaba que aún no había cambiado de opinión.

Maldije en voz baja y terminé de comer.

Me levanté de la mesa y cogí los libros, el cuaderno y los apuntes que solía utilizar para enseñarle los verbos a Carla.

—Espera, Sarah —me dijo Molly antes de que yo abriese la puerta de casa —.Ayer sobró una botella entera de Aquarius, está sin abrir. ¿Por qué no se la llevas a John? Si está malo, seguro que te lo agradece.

Abrí mucho los ojos. Normalmente, cuando yo iba a la casa de John, éste solía acercarme y recogerme, pero mientras tanto, me constaba que se iba al edificio de Terrarius para continuar trabajando. Es decir, nunca estábamos juntos dentro de su casa. Y si aquel día estaba enfermo… ¿No se atrevería a meterse en mi clase de francés? ¿O sí?

Me estremecí.

—Sí, trae la botella —le dije a Molly.

Ella sonrió con picardía. Yo le dirigí una gélida mirada que decía: "sé lo que estás pensando".

*

"Está loco", pensé cuando vi su Toyota Prius frente a mi portal. Se había bajado y esperaba apoyado sobre el capó.

—Hoy conduces tú. Estoy un poco mareado — me dijo.

Le observé con detalle. Sus marcadas ojeras me decían que no se encontraba mucho mejor que por la mañana.

—¿Por qué no me has enviado un mensaje, John? Podría haber cogido un taxi perfectamente. Y ahora estás aquí, que ni te tienes en pie —dije con frustración.

Sus ojos azules parecieron brillar con algo más de intensidad. Estuvieron casi a punto de cambiar de color. Pero no tenía fuerzas para contestarme. Me subí al asiento del conductor. En realidad caí sobre él, como si fuese un pozo. John era un hombre largo y para conducir necesitaba traccionar el asiento hacia atrás, al máximo. Y descenderlo, para no darse con el techo en su cabeza.

Yo, por el contrario, en el asiento tal y como estaba, no llegaba ni al volante ni a los pedales. Escuché que mi jefe se reía a mi lado.

—Podrías haber tenido el detalle de colocarlo primero —gruñí —.Además, hace meses que no conduzco. Espero que no nos pase nada.

—Conociéndote, dudo que nadie corra peligro mientras tú estés al volante —me dijo mientras se inclinaba sobre mí para regular el asiento.

Me sentí extrañamente halagada. Aunque por su tono de voz, no parecía que su intención hubiese sido la de agasajarme. Simplemente hizo un comentario sencillo acerca de su punto de vista.

Reflexioné. Tal vez tuviese razón, y yo pecara de precavida demasiadas veces. Lo cierto era que mi disciplina mental me obligaba a pensar las cosas varias veces antes de hacerlas –excepto cuando me ponía muy nerviosa y entonces hacía comentarios como el de "pin y pon" de aquella mañana–. Me daba hasta vergüenza ajena recordarme a mí misma diciendo eso.

¿Sería que John me conocía mejor de lo que yo me conocía a mí misma? Coloqué todos los retrovisores, me aseguré de tener puesto el cinturón y miré que John también lo hubiese puesto. Después vi que todas las ventanillas estuvieran cerradas y que el depósito estuviera lleno.

—¿Ves como no va a pasarnos nada? —preguntó él con una gran sonrisa —.Has revisado hasta la temperatura del motor. ¿Me equivoco?

Me ruboricé.

—Sólo quería asegurarme de que todo iba bien ––me defendí antes de arrancar.

*

Me pareció increíble la cantidad de tensión que fui capaz de acumular en los veinte minutos que tardé en detener el Toyota frente a la mansión del señor Miller.

—Lo aparcaré en el garaje, tú puedes subir a ver a Carla —me dijo cuando frené —. Aunque… Cuando acabes la clase, tengo que hablar contigo de un tema delicado.

Me miraba fijamente. Muy serio. Sentí que mis pulmones se colapsaban. No sabía a qué narices se refería con "un tema delicado". ¿Algún asunto de Terrarius? Debía de ser eso. Para John Miller no había nada delicado en este mundo salvo su empresa. Aunque pensándolo bien, podría tener que ver con Carla.

Y de nuevo me asaltó la duda: ¿debía contarle lo que Carla me había confesado?

—Está bien —susurré antes de bajar del coche.

Como siempre, Brigitte me abrió la puerta y yo caminé hasta el ascensor. Subí a la tercera planta y encontré a Carla sentada en un puff esperándome. Después entramos juntas en su habitación y nos sentamos encima de su cama, una al lado de la otra. No volvió a hablarme de aquel chico. Por el contrario, estuvo muy concentrada en la clase e incluso la vi más interesada que de costumbre. Me alegré. Poco a poco Carla iba reaccionando. Eso sí… Yo aún albergaba serias dudas acerca de si sería capaz de aprobar el examen.

Llegaron las seis y media y la clase terminó. Quise preguntarle cómo avanzaba el tema amoroso con el individuo aquel… Pero me contuve, ella me contaría las cosas cuando sintiera la necesidad. Yo no era quien para preguntar.

Me despedí de ella y descendí hasta la planta baja.

Allí me encontré, de frente, nada más salir del

ascensor, con John Miller.

—Ven al salón, Sarah… —me dijo.

Le seguí por el pasillo, giré a la derecha y por primera vez me encontré en aquella estancia tan elegante y sofisticada.

—Ponte cómoda, siéntate —me invitó John al tiempo que él se sentaba en una de las sillas de madera oscura y brillante que había alrededor de una gran mesa.

Me senté en una butaca, casi frente a él. Entonces me di cuenta de que temblaba. John me observaba fijamente, sus ojos comenzaron a adquirir aquel peligroso tono turquesa. "Tal vez esté nervioso, de ahí el cambio de color", pensé yo. "No tiene motivos para estar enfadado", quise creer. Entonces me dirigió una enigmática sonrisa.

—¿Te apetece champán? —me preguntó entonces.

Me sentía cada vez más desorientada.

—No bebo alcohol, gracias —respondí rápidamente.

—Ah, olvidaba que se trata de ti – dijo John riéndose —.Creo que Brigitte tiene agua con gas o algún zumo, si te apetece.

Enarqué una ceja, él se dio cuenta del gesto.

—John, si es importante, dímelo ya. Estoy en ascuas. ¿Ha ocurrido algo malo? ¿Harrington ha vendido sus acciones? ¿Alguno de tus clientes se ha declarado en quiebra? —pregunté con la esperanza de dar con la razón que me retenía allí.

Él negó con la cabeza, aún sonriendo.

—Entonces Carla te lo ha contado —se me escapó.

"Mierda" pensé después. En cuanto vi que la sonrisa se desvanecía de su rostro, me di cuenta de lo gorda que había sido mi metedura de pata.

—¿Contarme qué?

—Olvídalo, es una tontería —quise arreglarlo de alguna manera, pero supe que sería complicado retroceder.

—Sarah, es mi hija. Dime qué es lo que tengo que saber.

Le miré con aire retador. ¿Cómo se atrevía? ¿Acaso no era él su padre y no podía preguntárselo a Carla personalmente? ¿No era su deber como padre el estar al tanto de los problemas de su hija y ofrecerle maneras de solucionarlos? ¿¡No es cosa de los padres darle amor a sus hijos para que no busquen amor en personas dañinas que sólo quieran aprovecharse!?

—Tal vez debieras subir a su habitación y charlar con ella —sugerí amablemente.

—¿Y no puedes decirme lo que le pasa? —preguntó él elevando un poco su tono de voz.

Entonces me levanté de la butaca, dispuesta a abandonar aquella casa lo antes posible. "Sabía que las clases de francés eran una mala, malísima idea", pensaba yo mientras me encaminaba hacia la puerta.

—Sarah, ven aquí, ni se te ocurra marcharte —amenazó él.

Me giré. John había avanzado hasta encontrarse a apenas dos palmos de mí. Podía sentir su respiración. Desvié mi mirada hacia el suelo para reunir las fuerzas necesarias. Después le miré a los ojos.

Él esperaba una respuesta.

—Hay un chico que está persiguiendo a tu hija y a ella le gusta pero no está segura de si debe iniciar una relación con él —mi voz no vaciló.

Aquella era la realidad cruda. John entornó sus párpados.

—¿Y tú qué le has dicho?

—Le he dicho que a las personas se les debe dar tiempo para conocerlas bien, antes de dar ningún paso importante.

—¡Sarah! —gritó él.

Fue la primera vez que lo escuché gritar en varias semanas. Se me heló la sangre. Pero la descongelé rápido al comprender la situación.

—¿¡Qué!? Tu hija se siente sola John, y por lo menos ha tenido el valor de preguntarse si ese chico le conviene, en lugar de tirarse a sus brazos.

—¿Que se siente sola? ¡Y tú que sabes!

—Sé lo que ella me cuenta. Y si le dedicaras más tiempo, la conocerías de verdad. ¡Ella te necesita más que tu empresa, John! —respondí enervada.

Supe que me había sobrepasado. Pero ya no podía callar. John me daba la espalda y guardaba silencio, parecía reflexionar.

—Lo que necesita es menos libertad para hacer lo que le da la gana —dijo él —. Es demasiado inmadura.

No di crédito.

—No, John, no podrás mantenerla siempre en una burbuja. Ella necesita que la comprendan, que la escuchen. Que *su* padre la escuche. Porque el día que tú faltes, ya no habrá nadie que la proteja. Y si tú no la enseñas lo que es el amor, la familia y a protegerse sola, nadie lo hará —afirmé convencida —. Y si me disculpas, Rachel me está esperando en casa.

Entonces él se giró hacia mí. Y yo vi un atisbo de desesperación en su mirada. Pero debía marcharme. No podía aportar más en aquel berenjenal que no había hecho más que salir a la luz. No obstante, cuando ya estaba a punto de salir de aquel salón, sentí que una mano sujetaba mi brazo con fuerza. John me atrajo hacia él. Perdí la noción del tiempo en el momento en que me besó.

Sentí que me abandonaba a aquel contacto. Me abrazaba con fuerza, sujetaba mi espalda y yo sentía su cuerpo envolviendo al mío. Cuando nos separamos, yo aún no era consciente de lo que acababa de suceder.

—Lo que quería decirte Sarah… —comenzó él

en un susurro, mientras sus ojos buceaban en los míos —.Es que me he vuelto dependiente de ti.

Me acarició la mejilla con dulzura. Yo aún no era capaz de reaccionar... Me había hipnotizado con el azul de sus ojos, ahora más turquesa que nunca.

13

Me besó de nuevo. Fue un contacto corto e intenso. Muy expresivo. Que me dejó sin aliento… Otra vez.

Aún aturdida, permití que mi cabeza se apoyase sobre su pecho y traté de respirar. John me rodeó con sus brazos, y yo supuse que esperaba una respuesta.

Sin embargo, me encontraba absolutamente bloqueada. Sentía que deseaba estar allí, a su lado, responderle que sí, que lo intentáramos… Pero por otra parte, John tenía una hija, y una empresa con la cual podría serle infiel hasta a la mejor mujer del mundo. Además, la pérdida de su anterior esposa aún se encontraba latente en su interior, de ahí la tristeza que parecía reflejar en sus ojos en algunas ocasiones.

Sentí que su mano acariciaba mi cintura con suavidad. Suspiré. Debía detener aquello. Al menos hasta que hubiese aclarado mis ideas.

—Necesito pensar —dije, aún sin separarme de él.

—Para mí esto es difícil, Sarah —respondió John en voz baja.

—Lo sé —susurré.

Me alejé unos centímetros y lo miré a los ojos. Sentí que algo se agitaba dentro de mí. En el fondo yo había deseado aquello, pero no me había atrevido a reconocérmelo a mí misma. Aún así, por muy bonito que pareciese todo de pronto, la situación era la que era: un despropósito más.

¿Y mi trabajo? ¿Y mi hermana? ¿Y qué opinaría Carla?¿Y la aplastante diferencia de edad que había entre nosotros? Sin darme cuenta, había comenzado a hiperventilar. Además, ¿qué quería decir con que se había vuelto dependiente de mí?

"¡No, John!", pensé.

Me dejé abrazar unos minutos más. Él debía de sospechar que yo me debatía interiormente. Estaba completamente segura de que siendo John tal y como era, ya habría analizado todos y cada uno de los inconvenientes que yo podría poner entre ambos. Y aún así, se había arriesgado a ser rechazado.

—Tengo que irme a casa —le dije, aún apoyada sobre él.

—Puedo llevarte, si quieres —sugirió.

Estuve tentada de negarme y pedir un taxi, pero hubiese sido un error: tal vez le hubiese hecho daño después de aquella declaración tan repentina.

—Está bien —acepté yo.

*

Mientras John conducía, agradecí al cielo que Carla no hubiese tenido la idea de bajar al salón precisamente después de la clase. Mi jefe y yo nos mantuvimos en silencio durante todo el trayecto.

Le miraba de soslayo y no podía dejar de fijarme en sus pequeños detalles: el mechón despeinado que le salía de detrás de la oreja, la arruga que se le formaba en la camisa a la altura del cuello. Sus manos grandes pero finas. Entonces me reprendí a mí misma por no haber previsto lo que acababa de ocurrir.

Era cierto que John Miller había estado mucho más cercano a mí que de costumbre, hablábamos mucho y me sonreía con ternura más de la cuenta –incluso en el trabajo–.

Yo lo achaqué a que nuestro trato había mejorado, que Carla estaba medianamente contenta y que él se encontraba más relajado al tener el tema de las clases de francés más encauzado.

Pero yo me había mentido. ¿Y qué había del vestido azul? ¿De aquella extraña reunión a la que tuve que acompañarle? ¿Y de cuando me abrazó en mi propia cama y me dijo lo que me había dicho? Suspiré al recordar: "me tranquiliza saber que existes". Aquello había sido una declaración de intenciones. O simplemente, su opinión. De alguna manera había encontrado en mí lo que andaba buscando.

Sin embargo, ahora la pregunta era la siguiente: ¿Y yo, qué buscaba? John detuvo el coche y me miró.

—¿Estás bien? Tal vez me haya precipitado... Lo siento si... Me gustas mucho, Sarah —dijo él.

Su voz era casi autoritaria, grave y de una profundidad sobrecogedora. Sin embargo, no dejaba de ser un susurro. Temblé. Y me dejé besar en los labios de nuevo. Sentí su aliento sobre mi nariz. Nunca habíamos estado tan cerca.

—Para mí también es difícil —le dije antes de bajar del coche.

Fui consciente de que el señor Miller no arrancó de nuevo su Toyota hasta que me vio entrar en el portal y cerrar la puerta.

*

Cuando llegué a casa decidí no contarle a Molly lo que había ocurrido. Supe lo que iba a decirme: "eso es estupendo, ¡te dije que eráis tiernos!". Molly parecía un sabueso. Su olfato para estos temas era absolutamente envidiable.

—Algo ha pasado —me dijo al verme.

Negué con la cabeza rápidamente.

—Es sólo que estoy algo cansada, he dormido mal esta noche y necesito tumbarme —mentí.

Molly me miró con desconfianza. Pero me mantuve firme. Se lo contaría, pero más adelante –tal vez al día siguiente, cuando yo ya hubiese consultado mis dudas con la almohada–.

Rachel vino corriendo a buscarme.

—Hoy me he hecho pis encima, Sarah —me dijo visiblemente arrepentida.

Aquella frase me trajo de vuelta a la Tierra. Era la primera vez que me alegraba que mi hermana pequeña hubiese mojado unos pantalones.

—No te preocupes, cielo —le dije con suavidad —.Cambiamos las sábanas y lavamos el pijama y ya está.

Molly enarcó ambas cejas y abrió mucho los ojos.

—No sé qué ha pasado, pero es la primera vez que no gritas cuando Rachel se hace pis.

Gruñí.

—Mañana te lo cuento, hoy necesito encontrarme a mí misma —dije, insinuando al fin que había algo importante que contar.

Ella sonrió. Después de cambiarse y tomarse un té, nos despedimos y se marchó a su casa. Al parecer, su padre estaba prácticamente recuperado de su operación y salía todos los días a caminar. Aquello era un alivio para nosotras.

*

Todavía no tenía muy claro como iba a enfrentar a mi jefe al día siguiente. Ya estaba en el ascensor, eran las ocho menos cuarto de la mañana y aún temblaba. La almohada, tal y como sospeché antes de dormir, no logró darme ninguna solución plausible al problema, ni tampoco me consoló lo más mínimo. La única conclusión a la que llegué fue a la de que me gustaban los besos de John.

A esa y a la de que era un hombre veinte años mayor que yo, viudo, con una hija problemática y una empresa demasiado absorbente a su cargo.

Bueno, empresa en la cual yo trabajaba –un plus de penosidad–. Aquella noche John se había paseado por mi mente con total libertad. Cuando no era por el trabajo, era por su hija, y cuando no, sus besos aparecían en mi cabeza: no logré dormir.

Mis ojeras delataban la realidad.

—¡Hola Sarah! —me saludó una de mis compañeras—. He traído Brownie para desayunar, luego nos lo tomamos con el café, así que hazme un hueco para las diez y media de la mañana – dijo después, con una sonrisa.

—Genial —contesté yo, aún en mi nube.

Cuando John pasó frente a mi mesa, me dirigió una mirada de soslayo. Sus ojos lucían un turquesa intenso, intensísimo que me hizo gemir de miedo. Pero no me había mirado con enfado, si no con expresividad, tal vez con emoción. Con gusto hubiese dejado caer mi cabeza sobre el teclado del ordenador, pero no lo hice porque debía guardar las formas delante de toda la plantilla de trabajadores de Terrarius —y de que hubiese saboteado la presentación de diapositivas que John iba a entregar a su equipo en la reunión de aquella tarde—. Traté de centrarme. "Céntrate, Sarah. Céntrate. Céntrate" pensaba compulsivamente.

—Sarah, ¿puedes venir un momento, por favor? — dijo John Miller, que había salido de su despacho.

Me miraba de aquella forma. Le dije adiós al *centramiento*. "Claro que te mira Sarah, estás delante. Necesita algo de esas cosas que haces por las cuales te pagan", me dije a mí misma para recordarme que estaba en horario de trabajo.

—Sí, señor Miller —respondí casi de inmediato.

Entré en su templo sagrado y me senté al otro lado de su mesa. Él tomó asiento en su trono habitual y yo respiré de alivio.

—Me preguntaba si serías tan amable de pasarme el pdf resumido que te mandaron de contabilidad ayer —dijo con suavidad.

Asentí con la cabeza casi de inmediato. Fui a levantarme.

—No he terminado —añadió él con una sonrisa —.Espera un momento, Sarah.

Escuchar mi nombre en su boca de pronto tomó un significado especial. Hablaba pausadamente, pero con naturalidad y fluidez. Su camisa de rayas tenía esa arruga tan característica a la altura del pecho, junto al segundo botón. Le quedaba grande, como todas. Me pareció, en cierto modo, entrañable. No dije nada.

—Tenemos una hora para escaparnos un momento —dijo John.

Negué.

—Tengo muchas cosas que hacer, señor Miller ——no me parecía buena idea comenzar un juego peligroso en aquel instante.

Pero me entró la curiosidad. ¿Dónde querría llevarme?

—No tienes cosas que hacer, he revisado tu agenda —dijo él mientras dirigía sus iris característicos hacia la pantalla de su ordenador — .Coge tu bolso y espérame en el parking, en un momento bajo.

—Sólo lo haré si es por motivos laborales —advertí.

Entonces él me dirigió una enigmática sonrisa. Tímida, de medio lado e incompleta.

—No es por motivos laborales —estableció John Miller mirándome fijamente.

A los diez minutos ya me había subido en su coche y él conducía con su suavidad particular. Aparcó frente a una pista de patinaje sobre hielo cubierta que solían mantener habilitada durante todo el año. Nos bajamos.

—¿Vamos a patinar? —pregunté con

desconfianza.

Él me agarró la mano y me condujo hacia el interior. En aquel momento estaban dando clase de patinaje artístico y se podía ver a unas adolescentes esbeltas y musculosas realizar complicados saltos sobre las cuchillas afiladas de sus patines blancos. Me quedé absorta, como cuando veía los campeonatos de patinaje con mi madre durante las olimpiadas de invierno.

—Había pensado en traer a Carla a patinar. Ella y yo —dijo John —.Es posible que me parta algún hueso… Pero creo que tienes razón y debo pasar más tiempo con ella —añadió entonces.

Aún notaba su mano sosteniendo la mía.

—¿Y a ella le gusta patinar sobre hielo? —pregunté con curiosidad.

—De pequeña le encantaba… Pero solía ser su madre quien la acompañaba… Desde que murió ya no ha vuelto a ir.

Sus ojos se empañaron momentáneamente. Y sentí una profunda tristeza por él. Aunque también le admiré. De pronto me encontré orgullosa al darme cuenta de que me había escuchado con atención el día anterior. Había tomado en serio mis palabras y estaba dispuesto a retomar la relación con su hija –algo que yo suponía, le costaría cierto esfuerzo–.

—Creo que es una idea fantástica —le dije.

—Me alegra que pienses así porque esta tarde, en

vez de dar clase, vendrás con nosotros a patinar —respondió John mirándome con una sonrisa traviesa.

Fruncí los labios, indignada.

—Sabes que no me gusta que hagas esto, John ——dije con tono amenazante —.Mi tiempo, mi trabajo, mi decisión.

—Hoy no —me dijo al oído.

Me estremecí. Jugaba sucio.

—No tienes remedio —le dije, dejándome llevar por el furor de mi enfado.

Y John Miller echó a reír.

—Tu talento para comunicarte es tal, que hasta cuando me insultas me siento halagado —fue todo lo que dijo antes de besarme por sorpresa.

Fue más apasionado que el día anterior, con unas intenciones más certeras. Cuando nos separamos, fui consciente de que las cosas avanzaban demasiado rápido. Más de lo que yo me sentía capaz de controlar.

—No sé si hacemos bien —le dije —.Tal vez sea solo un capricho momentáneo, John… No lo tengo claro.

Vi sus iris turquesas clavados en los míos. Me sentí desfallecer.

—Sarah, no soy un hombre de caprichos momentáneos.

14

—¿¡**Vas** a ir a patinar sobre hielo sin mí, Sarah!? —gritó Rachel al borde de las lágrimas.

Lo cierto era que en las navidades anteriores, Molly y yo nos las habíamos arreglado para llevar a mi hermana a patinar a una de las enormes pistas heladas que se suelen habilitar en el centro de la ciudad durante los meses más fríos del año. Fuimos varias veces y, poco a poco, Rachel aprendió a mantenerse sobre las cuchillas y a desplazarse por el deslizante hielo a una velocidad moderada. Lo consideramos un triunfo.

Un triunfo, más que nada, porque Rachel disfrutaba como si no hubiera un mañana cada vez que la llevábamos. Y ahora, me había escuchado mientras hablaba con Molly y le contaba la idea de John, de ir a patinar con su hija Carla y conmigo, en lugar de dar la clase de francés que teníamos programada para aquella tarde.

—¡Por favor Sarah llévame! —gritaba mi hermana fuera de sí.

Me abrazó con fuerza y empezó a llorar. Molly la observó con una gran tristeza. Yo le acaricié la cabeza y recogí su pelo con mis manos. Era negro y suave. Rachel me miró, con los ojos enrojecidos.

Y, entonces, reflexioné. Para cualquier otra persona, otro niño normal, con un colegio, amigos, deberes, televisión y ordenador, acompañar a su hermano mayor a patinar sobre hielo no hubiese sido algo muy trascendente. Para Rachel, cuyo mayor entretenimiento consistía en hacer pasteles con Molly y que no tenía un colegio al que ir, ni amigos, ni disfrutaba de la televisión igual que los niños normales, ir a patinar significaba un mundo de posibilidades, sensaciones nuevas, sentirse integrada y ver gente. Para ella, lo era todo. Y John iba a tener que entenderlo.

Contuve una lágrima.

—Está bien, vístete y asegúrate de ponerte unos calcetines bien gordos y de coger tus guantes del segundo cajón —le dije seriamente para después sonreír.

Mi hermana me observó con ilusión, incrédula. Después de su disgusto, no se creía lo que estaba escuchando. Ya me había dado cuenta hacía algún tiempo, de que Rachel lo vivía todo con muchísima intensidad, cualquier cosa la transformaba en un mundo de importancia. Me pregunté si realmente no estaba ella más acertada que el resto de nosotros "los que no nos pasaba nada y estábamos sanos", quienes le quitábamos constantemente la importancia a todo, con tal de no enfrentarnos a ello.

—¿A John no le importará que vayas con tu hermana? —me preguntó Molly en voz baja para que Rachel no nos escuchara.

Fui consciente de aquello, pero llegué a la conclusión de que John, debido a su madurez e inteligencia —que se supone debe tener un hombre de cuarenta y nueve años—, sería capaz de comprender que una niña como Rachel quisiera pasar una tarde patinando. Al menos, mi jefe sería más capaz de entender aquello que Rachel de comprender que la dejara de lado para ir a patinar con otras personas.

Aunque dudé. ¿Y si John se enfadaba? "Entonces se equivocó al besarme", pensé después. Después me sorprendí a mí misma al fantasear con tener un encuentro a solas con él. "Ya llegará el momento", me dije aún sin ser consciente de lo que estaba pensando.

—Si se enfada, tendrá dos trabajos: enfadarse y desenfadarse —le respondí a Molly.

A lo cual ella sonrió con picardía.

*

Rachel y yo nos bajamos del taxi. Aquel día, yo había quedado con John directamente en la pista de patinaje. Puesto que él iba a llevar a Carla en su coche y yo le di a entender que sería mejor que fuesen solos, para que su hija no sintiera que yo era alguna clase de competencia por su padre.

Mi hermana me agarró la mano con fuerza al entrar en el recinto. Ya había varias personas en el hielo, la mayoría deslizándose sobre sus patines de alquiler: azules, gastados y de cuchillas romas e imprecisas.

Miré a mi alrededor, nerviosa. John y Carla debían de estar al llegar.

Agradecí que Carla Miller hubiese conocido a mi hermana el día que vino a visitarme, cuando me puse enferma. Así, ver a Rachel no le causaría sorpresa – mucha gente solía bloquearse delante de ella, por falta de costumbre de ver personas discapacitadas, por no saber cómo tratarla, o simplemente, por rechazo –. Afortunadamente, el día que Carla la conoció, se comportó bastante bien con ella, e incluso estuvo leyéndole un cuento.

Lo único que me preocupaba era que John hubiese considerado aquella salida como una especie de cita. Pero, ¿a qué clase de cita uno lleva a su hija?

Una cita muy atípica.

Llevé mis dedos hacia mi mentón y lo sujeté con contemplación. ¿Y si aquello era una cita, yo estaba saliendo con mi jefe? "Sólo han sido un par de besos", quise pensar. "Claro que, la gente no se besa con su jefe... A no ser que la empresa haya subido cien puntos en bolsa en un solo día... Y en Terrarius eso no ha ocurrido", recapacité después. No quise pensar más, pese a que me preocupaba verdaderamente hacia dónde iba a desembocar aquella situación tan enredada. "No soy un hombre de caprichos momentáneos", recordé sus palabras.

Y entonces lo vi. A lo lejos, llevaba una mochila y se había vestido con un pantalón vaquero muy oscuro y un forro polar gris. Fue la primera vez en mi vida que lo vi sin camisa y sin pantalones de pinzas.

Me debatí conmigo misma para no reconocer el atractivo juvenil que le daban las deportivas Nike que llevaba puestas. Su cabello rubio parecía húmedo, como recién duchado, y sus ojos azules estaban pálidos, tranquilos y me observaban con cierta intensidad. Entonces temí porque le molestase que hubiese llevado a mi hermana. Temí por no parecerle lo suficientemente elegante y bien arreglada. Temí por no ser la mujer que él merecía.

Sentimientos inusitados en una persona que, como yo, se había creído muy segura de sí misma justo hasta aquel instante. Carla me saludó con su mano y con una sonrisa que pareció bastante sincera. Aquello me obligó a reaccionar. Sonreí y saludé yo también. Diez segundos más tarde John me dio un beso en la mejilla, muy cerca de mi oreja y me dijo "hola", en un susurro... De manera que pude sentir la calidez de su aliento muy cerca de mí.

—Rachel tenía muchas ganas de patinar también —le dije tratando de aparentar seguridad —.Espero que no te importe.

Contra todo pronóstico, John sonrió y mi hermana se abrazó a él con un entusiasmo difícil de creer.

—¡Qué alto eres John! Pareces una jirafa —le dijo ella.

Quise que me tragara la tierra. Carla empezó a reírse a carcajadas y mi jefe me miró de soslayo. Me relajé al comprobar que no le había molestado. Se limitó a revolverle el pelo a Rachel.

—Te vas a enterar enana —le dijo a mi hermana con una indignación falsa.

Entonces Carla me cogió la mano y me llevó hasta unos banquillos de madera, donde sacó unos patines de su mochila.

—Mira estos morados eran de mi madre —me dijo —.Tal vez te sirvan.

Después sacó otros rosas, muy nuevos, que claramente iba a utilizar ella. Desanudé las lazadas de los botines malvas. Eran un número treinta y seis, muy pequeño. Al igual que el mío. Mi madre solía decir que yo tenía pies de princesa.

Y, al parecer, la fallecida señora Miller, también los tuvo. Traté de imaginar qué aspecto había tenido la madre de Carla. Supuse que tal vez también había tenido los ojos claros, ya que su hija había heredado un azul verdoso, que si bien no era el de John, tampoco era un color feo, si no más intenso y oscuro.

Observé a la hija de ambos mientras se abrochaba los

patines: de cabello largo y castaño claro, nariz chata y ojos algo separados. Era una adolescente muy guapa, pero aún guardaba una expresión de tristeza en su rostro. Tal vez con los años se le quitaría. Quise pensar así. Los patines de color malva me quedaban perfectos. Los até, ciñéndo el botín a mis tobillos para asegurar una buena sujección. Me di cuenta de que John y Rachel habían desaparecido.

—¿Dónde ha ido tu padre, Carla? —le pregunté. Ella se encogió de hombros.

—Creo que a alquilar unos patines para él y para Rachel. Los que vamos a usar nosotras son los únicos que teníamos en casa —me explicó.

Dos minutos más tarde vi que John aparecía cogiendo a Rachel de la mano, subiendo unas escaleras que había detrás de la pista de hielo. Ambos caminaban de una manera inestable. Cuando estuvieron más cerca, pude ver que ambos llevaban puestos sendos pares de patines de alquiler, con los que apenas se apañaban para andar sobre el suelo cubierto de goma que rodeaba la pista.

Me incorporé y John me observó absorto durante algunos segundos. Supe que contemplaba los patines morados que habían pertenecido a su mujer y que, de alguna manera, ahora se ajustaban a mis pies de una manera milagrosa.

*

Una hora después, vi con alegría que Carla y su padre habían congeniado muy bien mientras se ayudaban mutuamente para no caerse. A pesar de que la hija de mi jefe sabía patinar moderadamente bien, se notaba que llevaba varios años sin practicar, por lo que al principio, Carla y su padre tuvieron que ir agarrándose al borde de la pista.

Mientras, Rachel y yo les adelantábamos, burlándonos con cierto cariño cada vez que les sobrepasábamos con más velocidad. Así ellos se volvían más competitivos y colaboraban para mejorar.

Estaba segura de que después de aquella tarde, padre e hija estarían mucho más unidos. De un momento a otro, Carla se acercó a nosotras.

—¿Puedo llevarme a Rachel a patinar conmigo? —me preguntó.

Lo cierto es que la trataba con mucho cariño y juntas parecían congeniar. Me di cuenta de que Carla se sentía útil al explicarle a Rachel cosas nuevas y ayudarla. Se marcharon juntas a dar una vuelta por la pista y yo me mantuve quita, apoyada en el borde, observándolas.

John apareció a mi lado de pronto. Le observé, tratando de controlar mis repentinos nervios. "Tres años trabajando para él, y no soy capaz de dejar de temblar", me regañé a mí misma. Suspiré.

—Me ha contado lo de ese chico —dijo él con cierta nota de orgullo en su voz.

Le sonreí.

—Espero que no le hayas contestado que tienes

una escopeta en el maletero del coche —respondí —
.Hubiese sido contraproducente.

John me miró con picardía. Después sonrió y negó
con la cabeza.

—¿Tu padre tiene una? —me preguntó él.

Fruncí el ceño. Pero entonces recordé que John aún
no conocía el motivo por el cuál yo debía ocuparme
de mi hermana. No sabía lo de mis padres.

—¿He dicho algo malo, Sarah? Espero no
haberte molestado —añadió él después.

Negué con la cabeza y le sonreí con tristeza.

—Mis padres murieron hace casi dos años en un
accidente de tráfico. Rachel se salvó —murmuré.

Después decidí cambiar de tema.

—Pero eso no es importante ahora. Ya pasó —
continué hablando —.Lo que importa es que Carla ha
empezado a confiar en ti de nuevo.

Le miré y me encontré con unos intensos ojos color
turquesa intenso. Supe que le había conmocionado de
alguna manera. Entonces John alargó su mano y
entrelazó sus dedos con los míos.

—Había olvidado lo que era que mi hija me mire
como si fuera un héroe o alguien que puede salvarla
de cualquier mal. Le he dicho que si no está segura de
lo que va a hacer, es mejor que no lo haga.

Le sonreí.

—Eres un buen padre —le dije entonces.

Él desvió su mirada hacia el suelo, en un gesto de timidez. Me resultaba gracioso que a un hombre de tal envergadura y con tanta experiencia profesional, le costaste tantísimo aceptar un cumplido con naturalidad.

—La verdad… No me importaría tener más hijos. A lo mejor a Carla le haría ilusión tener un hermano… O hermana —dijo él con aire soñador.

Me miró de soslayo. Y entonces una extraña rigidez se apoderó de mi cuerpo. Claro que sólo eran cavilaciones de un hombre viudo. Un hombre viudo que estaba apretando mi mano con fuerza.

"¿Tú quieres tener hijos, Sarah?", me preguntó la voz de mi conciencia. Y empecé a hiperventilar.

*

John nos llevó en su coche a Rachel y a mí hasta casa. Carla se despidió de nosotras con una gran sonrisa. No pude evitar, al ver la cara de la joven de dieciséis años por última vez aquel día, el pensar cómo reaccionaría ante la idea de que su padre tuviese una nueva pareja… Y ante la idea de tener otro hermano.

"¿Pero, y tú qué piensas?", mi conciencia habló de nuevo. John Miller se bajó del coche y nos acompañó hasta el portal.

—Hasta mañana —susurró él en mi oído discretamente antes de marcharse.

Le miré impactada mientras se alejaba de nuevo hacia

su coche, aparcado en doble fila en la acera de enfrente.

Rozando el cielo

15

Tuve una terrible discusión con una funcionaria francesa que trabajaba para la administración central de París. Sucedió a las nueve de la mañana y John Miller me escuchó casi gritarle a aquella mujer.

De nuevo habían tenido un retraso con los pagos, los economistas que trabajaban para Terrarius ya le habían notificado al banco francés el falto del cobro y se les había insistido de varias maneras y por muchas vías. Yo simplemente había llamado para pedir el informe que tenían del último mes, en cuanto a reuniones, acuerdos y demás. Era la información que me había pedido John. La administrativa me dijo que no estaban disponibles, que no había ninguna manera de conseguirlos y que llamara otro día. ¿Sería posible aquello? Y tal vez aquella impertinente francesa estuviese diciendo la verdad, no lo sé. El caso es que me alteré muchísimo. Y tal vez mi ansiedad, no se debiera por completo al maldito informe.

Colgué el teléfono y traté de respirar. En seguida, John salió de su despacho y puso ambas manos sobre mis hombros. Mis compañeras observaban y yo recé porque mi jefe no hiciera ninguna demostración afectiva en público. Sería un grave error.

—Tranquila, Sarah. Llamaré más tarde personalmente y me encargaré de que lo solucionen.

—De acuerdo… Es que este es el problema de siempre, y me desgasta mucho. Siento haber estado gritando —me disculpé en voz baja.

Sentía sus manos, grandes, sujetándome. Aún las tenía apoyadas sobre mí. Me acarició sutilmente el brazo al retirarlas.

—No te preocupes, también necesitan que les griten —sonrió él.

Me miró con unos ojos tranquilos y felices antes de volver a entrar en su despacho. Y todo recobró la normalidad. A pesar de que mis compañeros parecían absortos en sus ordenadores, yo me había sentido tremendamente vigilada durante el instante en el que John había venido a tranquilizarme.

Tal vez, para el resto de los empleados de Terrarius aquello había sido solo un acto de solidaridad por parte del señor Miller, como cualquiera hubiese hecho en su lugar al ver a su secretaria fuera de sí.

Pero yo, que aún temblaba como un flan cada vez que John me rozaba con sus manos, tenía un miedo abismal a que mis compañeros supieran la verdad.

Decidí que debía tranquilizarme, y sobre todo, dejar de sentirme culpable. Yo no había buscado besar a mi jefe, no había maquinado ningún plan para tirarme a su cuello. Había sido natural, nadie lo había forzado y aún así, por alguna razón, me sentía como si me estuviese aprovechando de mi posición. "Tal vez deba dejar este trabajo", fue lo que pasó por mi mente.

La otra opción era acabar con lo que había crecido entre nosotros, yo y mi jefe. Podría decirle que había sido un error, que era mejor mantener el status quo, que veníamos de mundos muy distintos y que la diferencia de edad acabaría por convertirse en un problema.

Podría alegar que su hija no estaba preparada para que su padre tuviera pareja y que además, sus empleados no aceptarían que su secretaria personal pasara a ser su "novia".

"Y también podemos seguir besándonos sin que nadie se entere durante años y fingir que no ocurre nada", pensé después. Aquella opción me produjo mucha ansiedad. Sería el tipo de relación que nunca lleva a ninguna parte, y que termina en una soledad absoluta.

No iba a mentirme a mí misma: yo era una mujer clásica, chapada a la antigua. Quería casarme. Quería tener hijos, nietos y una casa en la que vivir todos. Una familia unida. Como lo habíamos sido en mi casa.

Desde luego, si mi jefe pensaba en mantener aquel tonteo de manera indefinida en el tiempo, tendría que asumir que yo no estaba dispuesta.

Y de pronto, recordé lo que John me había dicho el día anterior, en la pista de patinaje: "no me importaría tener más hijos". Y supe, de alguna manera, que no íbamos a estar besándonos a escondidas durante demasiado tiempo.

Miré la pantalla de mi ordenador, impotente. No me sentía capaz de trabajar, ni de teclear absolutamente nada. Todo se me hacía un mundo. Sonó el teléfono y respondí.

—Sarah —dijo John desde el el teléfono de su despacho —.Haz el favor de venir un momento.

Colgué y me levanté de mi silla. Cinco segundos después me encontraba sentada frente a él, separados por su mesa. Me entregó unos documentos que yo debía resumir en un Power Point y otros que debía traducir a ruso.

—Muy bien —dije antes de levantarme —.Si quieres algo más, llámame.

Me sentía más tranquila cuando utilizaba un tono de voz profesional y directo. En cierto modo, me daba la sensación de que así tenía más dominio sobre mí misma y los pensamientos que me asaltaban cuando John me contemplaba con sus ojos azules.

—Espera, tengo algo para ti —me dijo antes de que abriese la puerta.

Me giré y le miré con cara de pocos amigos.

—Te he dicho que no quiero que me compres nada. ¡John por el amor de Dios! No quiero más vestidos, ni más bolsos.

Entonces, mi jefe sacó una bolsa de plástico llena de M&Ms. Los miré con lujuria, mi mente se quedó en blanco.

—¿Cómo sabes que me gustan? —pregunté con curiosidad mientras alargaba la mano hacia la bolsa y la cogía con tanta suavidad como si fuera un bebé.

Nos miramos y él sonrió de aquella manera. Tímidamente, de medio lado y con ojos traviesos.

—Siempre tienes una bolsa en tu cajón. Cuando discutes con alguien por teléfono sueles comer algunos después. Pero debe ser que hoy se te habían acabado.

Me parecía increíble que se hubiese fijado hasta tal punto. Pero en realidad, aquello lo venía haciendo casi desde que empecé a trabajar con él. Y lo cierto era, que con las clases de Carla, había tenido la cabeza ocupada y se me había olvidado comprar más bolitas de colores con chocolate. John continuaba sonriendo. Me dio la impresión de que se sentía como si acabara de ganar la segunda guerra mundial.

—Gracias —musité.

Pero antes de salir me giré y le pregunté:

—¿Tú también tienes M&Ms en tu cajón?

Él enarcó una ceja, haciéndose el interesante.

—Suelo comerme algunos por las tardes, mientras trabajo.

Por fin me senté en mi mesa con una gran sonrisa, mientras masticaba una de aquellas bolitas. "Claro, por las tardes, sólo él se queda a trabajar", reflexioné.

Por esa razón nunca le había visto comiendo M&Ms.

El chocolate logró que me concentrara un poco mejor a lo largo de la mañana. Como siempre, fui consciente de que John no dejó de vigilarme en ningún momento.

*

Aquella tarde, la clase de francés con Carla fue amena y tranquila. Ella estaba cada vez más interesada en aprender y ya casi no se ponía a la defensiva. No me habló de aquel chico. Recé porque hubiera hecho caso a John: "si no estás segura, no lo hagas". En realidad, mi jefe le había dado un consejo excepcional. Y estaba, sorprendentemente, muy orgullosa de él como padre.

Como de costumbre, John Miller me llevó de vuelta a casa y en el coche me estuvo hablando de cuándo comenzó su afición a los M&Ms. Fue en su época de universitario. Me contó que había estudiado tres carreras: ingeniería industrial, ciencias políticas y matemáticas.

Me pareció fascinante.

Resulta que cada vez que estudiaba para sus exámenes finales, tenía una bolsita de M&Ms a mano y se comía uno cada vez que se le atascaba una ecuación o teorema. Me pareció muy entrañable.

—¿Y tú cómo empezaste? —preguntó él cuando estuvimos parados en un semáforo en rojo —.Porque recuerdo que cuando te contraté te pasaste un mes entero comiendo sin parar.

De prontó enrojecí. No sabía que se hubiese dado cuenta. Y eso que siempre procuré ser discreta mientras comía.

—Es que al principio, como no tenía experiencia… Me estresaba mucho —le expliqué —.Pero ahora ya no recurro tanto al chocolate. Realmente, sólo cómo M&Ms cuando trabajo… Y no muchos, si no sería ya diabética.

John echó a reír. Tenía una sonrisa muy bonita y luminosa. Estaba segura de que antes de morir su mujer, tuvo que haberla hecho muy feliz. Cuando detuvo el coche frente a mi edificio me acarició la mano para decirme algo.

—¿Puedo venir a verte esta noche? Cuando Rachel se haya ido a la cama.

Le miré asustada.

—No sé si es buena idea, John… Estoy confundida —confesé.

—Estarás de acuerdo en que debemos hablar —dijo entonces.

Me observaba fijamente. Sus ojos empezaban a virar al turquesa peligroso. Asentí.

—Sí… Te espero sobre las once y media — respondí antes de bajar del coche.

Así fue como estuve hecha un manojo de nervios y hormonas femeninas a lo largo de toda la tarde. Molly, por el contrario, se ilusionó mucho cuando le dije que John quería venir a casa para hablar conmigo.

"Es un hombre directo" me dijo ella con una sonrisa.

Y yo me eché a temblar. De todas maneras, tanto Molly como yo, nos aseguramos de que Rachel no se enterase de que John iba a venir a casa, porque de lo contrario, no se hubiese querido ir a a la cama aquella noche ni en un millón de años.

*

Me aseguré de que estaba profundamente dormida. Su respiración era suave y tierna. Abrazaba con fuerza el elefante rosa de peluche que John le había regalado.

Le acaricié un mechón negro. Su pelo era muy lacio y lo empezaba a tener ya muy largo. "La semana que viene se lo cortaré", pensé.

Entonces, la Blackberry vibró en el bolsillo de mi pantalón. "Estoy en la puerta, ábreme", era el mensaje de John.

Él había quedado en avisarme por teléfono para no tener que llamar al timbre y correr el riesgo de despertar a mi hermana. Cerré la puerta del cuarto de Rachel y fui a abrir la de la entrada. Iba descalza y vestida con un pantalón fino de pijama —era azul oscuro, lo suficientemente presentable–. Llevaba también un jersey de cuello alto, porque la calefacción central de mi bloque de pisos era bastante deficiente y por las noches bajaba mucho la temperatura.

—Hola —saludé en un susurro —.Pasa.

John llevaba en la mano una botella de champán. Entonces sacó algo del bolsillo.

—Sujeta esto.

Vi otra enorme bolsa de M&Ms.

—Tal vez los necesitemos, los dos —me dijo con una media sonrisa mientras se quitaba el abrigo y él mismo lo colgaba en el armario de la entrada.

—Meteré el champán en la nevera —le dije al tiempo que le cogía la botella.

Fui hiperventilando hacia la cocina, abrí el frigorífico y coloqué el champán en uno de los estantes de la puerta. Lo cerré y al darme la vuelta John ya estaba frente a mí. Llevaba puesta una camisa azul que hacía juego con sus ojos y unos pantalones claros. La manera en que me miraba me hizo estremecer.

Y, de un momento a otro, me encontré con la espalda pegada a la nevera, entre sus brazos y siendo poseída por sus besos. Sentí que me llevaba al cielo.

Sus labios me buscaban con ansiedad, con necesidad y yo le respondía hambrienta. Me di cuenta de lo mucho que había echado de menos aquello. Sentí sus manos apretarme contra él mientras besaba mi cuello. Gemí.

—Para, para, por favor… —supliqué temiendo por mi cordura.

Él besó el lóbulo de mi oreja. Casi sin darme cuenta había terminado en sus brazos, literalmente. Me tenía cogida entera y me apretaba contra su cuerpo.

—Necesitamos hablar —suspiré después.

Parece que aquellas palabras lo devolvieron a la normalidad. Nos miramos con intensidad. Tuve que reconocer que mis sentimientos habían crecido, que eran fuertes y que me reconfortaba demasiado sentirle cerca. Pero debíamos aclarar las cosas antes de que las cosas nos aclarasen a nosotros.

—Tienes razón… Perdóname Sarah —susurraba él en mi oído.

Yo aún seguía con las piernas alrededor de su tronco y le acariciaba el pelo con dulzura. No dejaba de sorprenderme como un hombre muchísimo más mayor que yo estaba logrando que lo necesitara cada vez más. Y de muchas maneras. John me dejó en el suelo y fuimos a sentarnos en el sofá junto con los M&Ms. Los dos empezamos a comer bolitas de colores con ansiedad. Fue tan evidente, que hasta me entró la risa.

John me dedicó una sonrisa tímida. Aún estábamos en silencio. Entonces, sin pensar, me recosté en el sofá y apoyé la cabeza sobre sus piernas. Él pareció sorprenderse, pero rápidamente empezó a acariciar mi cabello.

—¿Qué es lo que vas a decirme? —le pregunté,

mirándole desde abajo.

Noté que sus músculos se tensaban.

—Sólo quería preguntarte una cosa —me dijo —.Para mí es importante.

Una de sus manos se apoyó sobre mi vientre y yo suspiré por el calor de aquel contacto.

—Dime —le animé.

John Miller inspiró.

—¿Te parezco demasiado mayor para ti?

Abrí mucho los ojos, atónita. ¿Cómo podía preguntar aquello? Le miré con incredulidad. Jamás pensé que un hombre tan seguro de sí mismo como él pudiese ser capaz de preguntarme eso tan abiertamente.

—En absoluto —le respondí —.Es algo poco frecuente… Pero de momento, el menor de nuestros problemas. "Piensa lo que dices", me ordené a mí misma. Pero ya era tarde. Lo había asumido. John Miller se había metido dentro de mí. Se había convertido en parte de mi día a día. Verle cada mañana ahora empezaba a ser necesario para mí. Tal vez estuviera enamorada.

Y después de sus besos, no podía darle la espalda al problema y archivarlo como un informe más de Terrarius. Me incorporé hasta quedar sentada sobre sus piernas. Él me sonrió y yo apoyé mi frente sobre la suya.

—Quiero estar contigo, Sarah —me dijo con seriedad —.Ahora quiero estar contigo y tal vez más adelante quiera algo más.

Se me cortó la respiración.

—Soy un hombre antiguo. Clásico. No me gustan las cosas a medias —susurró.

Supe a lo que se refería. A mí me ocurría lo mismo.

—¿Y Carla? Tal vez deberíamos contárselo —mencioné con preocupación.

Él asintió con la cabeza.

—Pero aún no… Prefiero esperar… Y que esto sea sólo nuestro, al menos unos días más —dijo.

Entonces John besó mi frente y después la punta de mi nariz.

—Voy a llevarlo hasta las últimas consecuencias —susurró en mi oído.

Y tomó posesión mis labios, despacio, con detalle y ternura, pero con la misma constancia que como si se tratasen de un territorio a conquistar. Mientras tanto, ambos nos acariciábamos con nuestras manos y juntábamos nuestros cuerpos, soportando la ardiente necesidad de tenernos el uno al otro.

16

—**Sarah** —susurró una voz en la oscuridad.

Una mano sostenía mi espalda. Abrí los ojos despacio. Después levanté mi cabeza que debía de llevar varias horas apoyada sobre el pecho de John.

Le miré, aún sin poder despegar del todo mis párpados.

—¿Qué hora es? —susurré.

—Las siete menos diez —respondió él —.Me duele un poco la espalda.

Entonces me di cuenta de que me había quedado dormida sobre John, y de que llevábamos así aproximadamente cinco horas. Me levanté rápidamente y encendí la luz del salón.

—Nos hemos dormido —dije con una tímida sonrisa.

Él se levantó lentamente del sofá. Se llevó la mano a la zona lumbar y se estiró como si fuera un gato. Después se acercó a mí y me dio un pequeño beso en los labios.

—Buenos días —susurró después en mi oído.

—¿Quieres café? —le pregunté en voz baja —. Procura no hacer mucho ruido, Rachel aún duerme.

Me rodeó con sus brazos y me miró, dedicándome una magnífica sonrisa.

—Me gustaría ir a mi casa, ducharme y cambiarme de ropa... Podríamos desayunar allí. Brigitte prepara gofres todos los días —me tentó él. Negué.

—Tengo que esperar a que venga Molly y me tengo que vestir... Tú normalmente sueles llegar pronto a la oficina... Y además está Carla, ¿qué pensará si me ve desayunando en vuestra casa?

—Es mejor que se acostumbre a verte allí... Así no se extrañará cuando le contemos lo nuestro —susurró John en mi oído.

Aquellas palabras me descolocaron. Realmente John pensaba introducirme en su vida y hacerme parte de ella. No supe si sentir miedo o ilusión.

—Ve a vestirte —me dijo al tiempo que me soltaba —.Cuando venga Molly nos iremos a desayunar los gofres de Brigitte.

Su sonrisa me dio a entender que no tenía más opción.

Cristina González

Fui a mi habitación y elegí una falda de tubo azul marino y un suéter beige que marcaba ligeramente mi cintura. Me lavé los dientes y puse algo de sombra de ojos gris sobre mis párpados. Dejé mi pelo suelto y ondulado caer sobre mis hombros.

Molly llegó tres minutos después de que ya me hubiese vestido. Antes, de marcharme con John, entré en la habitación de Rachel y le di un beso en la mejilla.

*

La cocina de la mansión Miller era muy amplia y se encontraba dividida en dos estancias por una especie de isla. En una de ellas, nos habíamos sentado John, Carla y yo a desayunar, alrededor de una mesa de vidrio transparente de patas blancas muy sofisticadas. En la otra, Brigitte cocinaba y le daba órdenes a otro chico joven, que debía de trabajar también para John.

Los gofres de Brigitte me parecieron una auténtica delicia. John los acompañó con un café solo y yo con un vaso de zumo de naranja natural.

Me sorprendió que Carla sonriese al verme. Incluso me dio un beso para saludarme.

—Sarah échales sirope de fresa, ya verás como saben genial —me dijo ella en referencia a los gofres.

Carla untó los bollos con sirope de fresa, casi hasta sumergirlos. No tardé en deducir que era una gran aficionada al dulce. Al igual que su padre y sus M&Ms.

Sonreí. Y después me pregunté cuánto tiempo duraría

el cariño de Carla…

La hija de John iba vestida de uniforme. Llevaba una falda tableada de cuadros rojos sobre fondo negro y unas medias grises con zapato de vestir oscuro. En su jersey llevaba bordado el escudo del carísimo colegio donde estudiaba el bachillerato.

No pude evitar acordarme de la serie Gossip Girl. Y acto seguido se me pusieron los pelos de punta al imaginarme a Carla metida en un lío a lo Serena Van der Woodsen. Le dio un beso a su padre antes de marcharse de la cocina con su bolso y su carpeta.

—Hasta esta tarde —me dijo a mí.

John aprovechó un momento en el que Brigitte se había marchado de la cocina para acariciarme el cuello con una de sus manos. Aquello me pilló desprevenida, arrancándome un suspiro. Después sentí cómo se me erizaba la piel con el roce de sus dedos.

Cuando terminamos de desayunar, yo había pensado en quedarme en la planta baja y esperar a que John se duchase y se cambiara de ropa. Miré el reloj, ya eran las ocho menos cuarto de la mañana y allí estábamos todavía. Pensé que sería la primera vez en tres años que llegaba tarde a trabajar.

Entonces John me dijo:

—Sube, te enseñaré mi dormitorio y podrás esperar allí.

Mientras seguía a John hacia el ascensor, sentí de pronto una tremenda curiosidad por conocer el lugar donde dormía.

Cuando las puertas se abrieron, entramos en una especie de despacho, con las paredes forradas en madera oscura y muy brillante. Había un gran ventanal que iluminaba una extensa mesa, también de madera oscura y elegante, en la cual había tres ordenadores portátiles abiertos. Uno personal, uno adiviné que era de Terrarius y el otro era un MacBook plateado.

Sorprendida, contemplé la mayor estantería que había visto en toda mi vida.

La pared que separaba aquel despacho del dormitorio, estaba cubierta entera por estantes cargados de libros, clasificados cuidadosamente según la colección, la temática y el autor. Sin duda, John se trataba de un hombre muy ordenado.

—Ven por aquí, Sarah —me indicó él desde la puerta que daba paso a su dormitorio real.

Caminé despacio, y allí encontré una cama de matrimonio cubierta con una colcha lisa de color azul oscuro. Muy sobrio y austero en cuanto a decoración.

Las mesillas guardaban la estética, también eran de madera oscura y combinaban con el despacho exterior.

—Voy a ducharme, puedes coger lo que quieras… Estás en tu casa —me dijo con una sonrisa.

Yo también le sonreí. Después le vi desaparecer tras una puerta blanca que supuse, daría paso al baño.

Repentinamente, algo especial me llamó la atención. Me aseguré de que John continuaba en el servicio antes de acercarme a una foto que había, cuidadosamente enmarcada en plata, encima de la cómoda.

Contuve el aliento al darme cuenta de que allí, ataviada con un espectacular vestido de novia, se encontraba el retrato de la que debía de haber sido su esposa. Vi que en el marco, justo bajo la foto, se encontraba grabado un nombre: Diana Miller.

No pude pasar por alto el parecido físico que había entre nosotras. Sin ser exactamente iguales, teníamos rasgos similares: ojos rasgados y verdosos, cejas finas y labios pequeños. Ella llevaba el pelo de un tono algo más claro que el mío, pero la longitud era muy parecida y la manera de peinarlo también.

Viendo aquello, no me resultaba tan extraño que John Miller se hubiese fijado en mí. Aunque, en cierto modo, había tardado tres años en darse cuenta de que yo existía.

Observé el magnífico vestido de Diana. Había sido una mujer muy bella y tenía una sonrisa sincera y tranquila. Justo lo que John había necesitado: una mujer buena que no le dejara hundirse en el estrés de su empresa ni dejarse acribillar por los voraces ejecutivos de las altas esferas.

Estaba tan absorta en aquella fotografía, que no me di cuenta de que John ya llevaba varios minutos detrás de mí. Por eso me sobresalté cuando sentí que rodeaba mi cintura con sus brazos. Sus brazos desnudos. Me giré y suspiré de alivio al ver que llevaba la toalla enrollada en su cadera.

—Tranquila —me dijo.

Me dejé caer ligeramente sobre su torso, hasta que mi cabeza quedó apoyada sobre él.

—¿Era tu esposa? Es muy guapa —le dije en un susurro.

—Sí —respondió él con voz queda —.Me recuerdas mucho a ella... Aunque te aseguro que no te he buscado. Has aparecido como un milagro, Sarah.

Cerré los ojos y me dejé llevar por aquellas palabras. John para mí también se trataba de un maravilloso milagro. Algo que había dado por hecho, que jamás iba a encontrar en un mundo como en el que vivimos.

—Diana es un nombre bonito —le dije entonces —.Debes recordarla con amor...

Él asintió despacio.

—Creo que es ella quien me ha abierto los ojos para que pudiera verte —me dijo John en el oído.

Por alguna extraña razón, no pude contener una pequeña lágrima que escapó libremente, derramándose por uno de mis pómulos. John sujetó mi mentón y me obligó a mirarle. Después comenzó a besarme, muy despacio... De manera que pude sentir el calor de sus labios contagiando a los míos hasta fundirnos en un contacto tibio, suave y excitante. Su respiración comenzó a agitarse y me agarró con fuerza hasta dejarme tumbada en la cama. Él se tendió sobre mí y continuó besando mi cuello. Sentí que moría lentamente.

Entonces comenzó a sonar mi Blackberry dentro de mi bolso.

—Ignórala —susurró él.

Gemí al sentir cómo deslizaba sus manos bajo mi blusa, mientras besaba mis labios de nuevo, uniendo nuestras bocas hasta llevarnos al cielo. De pronto fue la propia Blackberry de John la que empezó a convulsionarse. Después sonaron dos alarmas en el ordenador. Y John se detuvo.

Él aún se encontraba recostado sobre mí. Mi falda levantada por encima de mis rodillas me había permitido abrir mis piernas para sostenerle en mi regazo, entre ellas. De manera que mediante el contacto, había podido sentir que mi jefe estaba verdaderamente dispuesto a hacerme suya.

John me miró fijamente. Sus ojos azules traspasaron todas mis fronteras y yo me sumergí en ellos para dejar que me poseyeran.

Y entonces él dijo con aparente fastidio:

—Me temo que llegamos tarde.

Ambos echamos a reír.

*

Cuando al fin llegamos al edificio de Terrarius, John ya se había perdido una reunión con su junta de accionistas aquella mañana. Y aún así, fue capaz de conservar su buen humor a lo largo de toda la jornada. Procuramos mantener las formas delante de mis compañeros en todo momento. Sin embargo, a él se le escapaba siempre alguna caricia de más en mi mano cuando le entregaba algún documento y sus miradas furtivas hubiesen llamado la atención de cualquier persona que hubiese estado atenta.

Me sentía como si fuese una quinceañera flirteando con un compañero de clase a escondidas del profesor.

Para rematar el día, y mientras yo esperaba en la parada del autobús, un Toyota Prius se detuvo frente a mí, arrancándome inesperadamente una sonrisa.

—No puedo dejar que vuelvas sola —me dijo él.

Fue la primera vez que me llevó a casa desde la oficina.

*

Le conté a Molly el asombroso parecido que había entre Diana Miller y yo.

—Eso es una señal, Sarah —me dijo ella —. John es un buen hombre… No le hagas daño.

No di crédito a aquel comentario.

—¿Qué quieres decir? —pregunté extrañada.

—Quiero decir que tu jefe es un tierno oso de peluche que sabe lo que quiere pero que tiene miedo de que lo rechacen. Parece haber sufrido mucho —respondió Molly con naturalidad.

Reí ante la definición gráfica: "tierno oso de peluche que sabe lo que quiere". Pero ni yo lo habría descrito mejor. Rachel estaba durmiendo la siesta cuando me marché a darle clase a Carla.

Le di un pequeño beso a mi hermana antes de salir de casa.

*

—¿Crees que me saldrá bien el examen? —me preguntó Carla un cuarto de hora antes de que terminara nuestra sesión diaria.

—Sólo necesitas estar tranquila y repasar un poco más el vocabulario. Ahora tienes muchas más probabilidades de aprobar que cuando nos conocimos, de eso no me cabe duda —le dije.

No quise asegurarle nada, en ocasiones aquella clase de exámenes que otorgaban cierto reconocimiento oficial de que poseías tal o cual nivel de idioma, los hacían más difíciles de lo habitual o, por el contrario, aquellos que se presentaban al examen se ponían más nerviosos de lo normal y terminaban por cometer fallos tontos.

Lo importante consistía en lograr que Carla confiara en sí misma y llegase al examen lo más preparada, y sobre todo, lo más relajada posible.

Entonces recordé lo que John me había dicho: "mejor esperar unos días", respecto a contarle a Carla lo que estaba sucediendo entre su padre y yo. Y, teniendo en cuenta, que su examen tendría lugar en unas escasas dos semanas... Lo mejor sería esperar a que hubiese aprobado para hablar con ella. De lo contrario, corríamos el riesgo de que tuviera un berrinche y todo el esfuerzo que había hecho durante el último mes cayera en saco roto. De un momento a otro, mi bolso empezó a vibrar encima de la mesilla de Carla.

—Dame un minuto —le dije.

Me levanté de su cama y me incliné sobre la mesilla para sacar mi Blackberry del bolsillo interior. Tuve un mal presentimiento al ver el nombre de Molly en la pantalla. Cogí el teléfono suplicando mentalmente que todo estuviera bien. Que Rachel estuviera bien, en concreto.

—Dime Molly —respondí con una leve nota de alarma en la voz.

—Escucha Sarah —empezó ella —.No te preocupes, ya está todo solucionado.

Sonaba tensa. Y no me gustó su manera de hablar. Intentaba tranquilizarme antes de contarme las cosas.

No. No me gustaba su tono de voz.

—¿Qué ha pasado? —pregunté imperativamente.

—Rachel ha tenido una crisis y he tenido que llamar a una ambulancia, pero ahora estoy en el hospital, ella está bien, la han ingresado y está en observación —dijo Molly de carrerilla.

Sentí el plástico negro de la Blackberry escurrirse por el sudor de la palma de mi mano. Recordé que Molly acababa de decir que Rachel estaba bien. La tenían a salvo, rodeada por médicos y enfermeras. Respiré despacio. Era la primera vez, desde que habían muerto mis padres, que Rachel ingresaba en una clínica.

Había ocurrido un par de veces en vida de ellos. Pero ahora debía hacerle frente a la situación yo sola. Y no debía caer en el histerismo. "Los nervios descontrolados no ayudan ahora, Sarah", me dije a mí misma. Y armada con coraje y sangre fría le dije a Molly:

—Ahora mismo voy. Tardaré unos diez minutos.

Colgué. Carla me miró con preocupación.

—Lo siento cielo, mi hermana está un poco malita —dije conteniendo las ganas de llorar—. Tengo que irme al hospital. Mañana vendré diez minutos antes y terminaremos, ¿de acuerdo?

Ella asintió.

—¿Quieres que vaya contigo Sarah? —se ofreció ella.

Negué con la cabeza y sonreí tristemente.

—Tú estudia, es lo mejor que puedes hacer por mí —le dije a modo de despedida.

—Lo haré —prometió la hija de John solemnemente.

*

Tomé un taxi, y cuando llegué al hospital, ya habían trasladado a Rachel, desde urgencias, a una habitación individual. Estaba sedada, por lo que la encontré con los ojos cerrados, respirando profundamente.

Molly la miraba, vigilándola a cada segundo que pasaba.

—Hola —saludé en un susurró.

Ella estaba tan concentrada en Rachel que cuando me vio aparecer se asustó y dio un pequeño brinco sobre el sofá. Sonreí. Me senté a su lado.

Y entonces ella me relató con puntos y comas lo que había sucedido. Molly había estado enseñando a Rachel a preparar empanadillas y después, mi hermana había estado viendo la televisión mientras Molly las freía en la sartén —cosa que mi hermana no podía hacer poque tenía peligro de quemarse con el aceite—. Fue en este rato cuando Molly se dio cuenta de que Rachel caía al suelo de un golpe seco.

—Estaban echando un episodio de Pokémon que tenía demasiadas luces y colores, ya sabes cuando los bichos atacan…

Asentí.

—Los médicos sospechan que haya podido desarrollar alguna clase de epilepsia fotosensible… Así que habrá que tener cuidado con lo que ve en las pantallas… —concluyó ella.

Molly estuvo durante media hora más acompañándome, después se marchó para coger pijamas —tanto para ella como para mí— para pasar la noche en el hospital junto a mi hermana.

Fue en ese rato, durante el cual estuve sola

observando a mi hermana con compasión, cuando apareció John en la puerta de la habitación, arrancándome un respingo —al igual que yo se lo había arrancado a Molly al verme—. En aquel momento no pude contenerme y me abalancé sobre sus brazos, necesitada de cariño y afecto.

—¿Por qué lloras, amor? —me susurró mientras acariciaba mi pelo.

Cuando logré tranquilizarme un poco, cogí aire para hablar.

—Porque Rachel sólo nos tiene a mí y a Molly. Pero yo soy su única familia y debo cuidar de ella. Y hoy me he dado cuenta de lo vulnerable que es y temo que algún día, si llego a faltar... ¡Ay, John! —suspiré ——. Rachel será mi bebé durante toda la vida.

Entonces dejé que más lágrimas resbalasen por mis mejillas. No supe si debía haberle contado aquello a John. "Tal vez le haya asustado", pensé. Sin embargo, él continuaba abrazándome con fuerza, frente a la cama en la que descansaba mi hermana.

—Créeme, Sarah, cuando te digo que lo he pensado mucho... Y puedo decirte que Rachel nos tiene a los dos: a ti y a mí.

Le miré, asombrada, incrédula y emocionada de que aquello que había dicho fuese verdad. Él me quitó las lágrimas con sus manos y después me dio un pequeño beso en los labios.

—No estás sola —me dijo muy serio.

17

Una hora después, Molly ya había regresado, trayendo con ella un pijama para cada una, un termo con chocolate y dos novelas: una de misterio que yo había dejado a medio terminar en mi mesilla y otra romántica que Molly estaba a punto de finiquitar.

Pasaríamos una agradable velada de hospital, compartiendo el sofá de visitas y vigilando a Rachel atentamente. John quiso quedarse también para acompañarme, pero no se lo permití. Salimos al pasillo, donde él me abrazó con intensidad para despedirse.

—Mañana le darán el alta… A lo mejor llego una hora tarde a la oficina, pero intentaré no tardar —le avisé —.Tú debes marcharte ya, mañana madrugas… Y aquí ya está todo solucionado.

Sonreí, algo más tranquila. Él negó con la cabeza. Sus ojos azules, tan expresivos y exigentes me dieron a entender lo que pensaba antes de que lo dijera:

—No quiero verte mañana en la oficina. Es mejor que descanses y cuides de Rachel... Por si acaso le vuelve a ocurrir otra vez —respondió John con tono cauteloso y autoritario —.Avísame cuando estéis en casa, iré a verte.

Y dicho esto, me atrajo hacia sí y me besó la frente con dulzura. Cerré los ojos, sintiendo como su olor corporal y su calor me inundaban. Después apoyé mi cabeza sobre su hombro y él me rodeó con sus brazos. Descubrí, en aquellos momentos, a un John sereno y pausado que me había ayudado a guardar la calma como jamás antes nadie lo hubiese hecho.

—Gracias —susurré.

Entonces me pregunté, como había sido capaz en tres años de no fijarme en el hombre que ahora me abrazaba. Lo cierto era que le había observado con objetividad, con la intención de conocerle mejor para que así fuese más fácil trabajar con él.

Pero nunca le había mirado ni me había preguntado cuánto amor sería capaz de darme un hombre como él, tan responsable, ordenado, trabajador... Y también algo melancólico. Me besó los labios fugazmente y tras una sonrisa y una caricia, se marchó.

Entonces, durante aquella noche, en compañía de Molly, un libro y el chocolate, estuve reflexionando acerca de qué podía haber visto John en una mujer como yo. Pensé en todas las fiestas y reuniones, y demás eventos a los que él estaba acostumbrado a acudir y también recordé a todas las mujeres que yo le había visto llevar de acompañantes. Todas sofisticadas, elegantes, delgadas, rubias y físicamente envidiables. "Quizá huecas, algunas" añadió mi malintencionado subconsciente.

A los demás hombres también les había visto llevar mujeres muy guapas y bien arregladas. Todas parecían relajadas y felices, como si sus vidas fueran un colmo de facilidades.

—Pareces preocupada —me dijo Molly pasadas unas horas —.¿En qué piensas?

Ambas nos encontrábamos recostadas en el sofá, cada una en un extremo y teníamos un acuerdo silencioso en el cual yo ponía las piernas por fuera y ella por dentro. Las paredes blancas sólo acogían la tenue luminosidad de una pequeña bombilla que había a modo de lamparita de noche en el alféizar de la ventana y que nos alumbraba a Molly a mí mientras leíamos y bebíamos cada una de nuestra taza de chocolate caliente.

Rachel aún dormía. Calculé que debían de ser las dos de la madrugada y el efecto del sedante todavía la mantenía sumida en un profundo sueño.

Decidí contarle a Molly todos aquellos pensamientos que amenazaban por comerme los nervios.

—Creo que siento cosas fuertes por John, nunca me había ocurrido antes, y realmente, no sé si tengo algo que ofrecerle. Salvo problemas y complicaciones —dije con pesimismo.

—Él sabe lo que hay, Sarah. Y aún así no parece dispuesto a abandonar —razonó ella al instante.

Asentí, mirándola con comprensión. Por fortuna, Molly siempre tenía las palabras adecuadas para cada momento. Lo cierto es que jamás, desde que había comenzado a surgir aquel sentimiento entre nosotros, yo le había ocultado a John el problema de mi hermana, ni el apartamento en el que vivíamos... Y jamás había mentido acerca de mis verdaderas responsabilidades familiares. Es decir: John conocía mis limitaciones y aún así parecía dispuesto a aceptarlas.

—¿Pero por qué piensas que no tienes nada que ofrecer, Sarah? ¿Estás loca? Si él te busca es por algo —agregó ella, al ver que no lograba levantarme el ánimo.

—Pero es un hombre mucho más mayor que yo, tal vez me encuentre inmadura, indecisa... ¿Y si no compartimos los mismos ideales de vida? ¿Y si le decepciono? —preguntaba yo, cada vez más desesperada —.¿Y si Carla no me acepta?

Molly me dirigió una mirada de calma.

—Corres demasiado, Sarah. John es John y su hija, es su hija. Son personas distintas. No sales con Carla, sales con John. Y si John quisiera casarse contigo, lo haría él, y no Carla. ¿Entiendes?

—Sí —contesté con voz queda.

—Otro asunto es que a ti te dé miedo casarte con un hombre tan mayor. ¿Y si es él quien no puede adaptarse a ti? —me hizo ver Molly —.No es justo que siempre te eches sobre ti todo el peso de las relaciones. Con Charlie hiciste igual, y tal vez, el mezquino y egoísta fue él y tú quisiste pensar que era culpa de tu exceso de responsabilidades... Y de Rachel.

Molly había hablado de una manera mucho más agresiva. Parecía estar reprendiéndome por algo que yo aún no terminaba de entender.

—Rachel no tiene culpa de nada —me apresuré a aclarar —.Es un ángel.

—Lo siento, es que estaba enfadada con ese tema —se disculpó ella —.Pero va a llegar un momento, Sarah, en el que tendrás que decidir.

Supe lo que quería decirme.

—Lo único que me da miedo, Molly —susurré lentamente —.Es que John pueda morir mucho antes que yo... Son veinte años de diferencia y temo no poder sobreponerme si le llega a ocurrir algo.

Molly empezó a reírse a carcajadas. Me desconcertó.

—¡Qué trágica eres! ¡Por el amor de Dios! ¿Tú has visto lo flaco que está? Te aseguro que sus arterias deben de estar libres de cualquier clase de colesterol --me dijo ella, aún conteniendo la risa —.No pienses en eso Sarah, porque mañana podría atropellarte un camión a ti y la cosa sería al revés. Nunca se sabe.

Y entonces empecé yo también a reír. Pero de pronto me detuve y pregunté alarmada:

—¿Quién ha dicho nada de casarse?

—Lo decía como una manera de hablar, no te preocupes —respondió —.Aunque viendo a John… No me extrañaría mucho que te llevase al altar en un par de días.

Decidí dejar de pensar. Yo sola estaba sacando de contexto todo lo que había ocurrido.

"*Sólo han sido unos pocos besos, un par de abrazos, algunas miradas… Sólo hay algo… De momento… Relájate y déjate llevar*", me dije a mí misma… Queriendo creer que vivía en un sueño.

*

Eran las once de la mañana cuando entramos en casa. Rachel ya podía caminar pero aún estaba obnubilada y e iba dando tumbos. Tanto Molly como yo la llevamos agarrada, cada una de un brazo, durante todo el camino.

—¿Qué te apetece hacer, cielo? —le pregunté a mi hermana mientras le ponía el pijama.

Normalmente solía cambiarse de ropa ella solita, pero aquel día, entre los sedantes y el cansancio que suelen dejar las crisis epilépticas, Rachel estaba mucho más torpe de lo habitual. Más vulnerable.

—Quiero pintar —susurró ella —.Pero tengo sueño todavía.

—Entonces vete a la cama y duerme un poco más… Esta tarde estarás mejor, te lo prometo.

Ella asintió dócilmente y se introdujo bajo su edredón

nórdico recubierto por una funda rosa con corazones.

—Te quiero, Sarah… ¿Te quedas aquí hasta que me duerma? —me pidió ella.

Sonreí y me tumbé a su lado. Dos minutos después, Rachel respiraba con tal profundidad que podía observar como su tórax bajaba y subía pausadamente. Salí de su habitación, procurando no hacer ruido. Pensé en llamar a John a su despacho, pero entonces mi Blackberry comenzó a sonar, como si él hubiese leído mi pensamiento.

—¿Estás ya en tu casa?¿Qué tal tu hermana? —me preguntó rápidamente.

Por su tono de voz, deduje que estaba estresado. Tal vez se le hubiese acumulado demasiado trabajo encima de su escritorio.

—Sí, está bien. Tranquilo. Si quieres puedo ir a trabajar, Molly está aquí y Rachel se encuentra bien, se ha metido en la cama a dormir un rato más.

—No, de eso nada. Me apaño más o menos bien… Mañana ya te pondré al día. ¿Puedo ir a verte en un par de horas? Me han colocado otra reunión —gruñó John con impotencia.

Eché a reír. Me parecía increíble escuchar a mi jefe de una manera tan natural, quejándose de sus problemas cotidianos.

—No te preocupes por mí. Estaré bien. Si te apetece venir, sabes que estaré encantada, pero no te agobies si no puedes… Lo entenderé —le dije con una voz suave y tranquila —.Esta tarde iré a darle clase a Carla, puedo coger un taxi si quieres quedarte en la oficina a trabajar. Un beso, John —fui a despedirme.

—¡Espera, no cuelgues! —gritó él.

—¿Qué? ¿Ocurre algo? —pregunté preocupada.

—Sí, te quiero.

Y entonces colgó. Sonreí como una tonta y fui a la cocina para convencer a Molly de que se marchase a su casa para descansar.

—No, Sarah… ¿Y si necesitas ayuda? Aún me da miedo que pueda volver a repetirse lo de Rachel —decía ella.

—Estará bien, Molly y apenas has dormido esta noche… Yo no voy a ir a trabajar por la mañana… Puedes venir esta tarde para que yo vaya a dar la clase de francés a Carla… Mientras, deberías descansar. Hazme caso —le dije con firmeza.

Ella sonrió.

—Sólo por esta vez —y al fin, se rindió.

Me dediqué a limpiar un poco la casa y a pasar el polvo durante el resto de la mañana. Cociné algo de verdura al vapor y fregué los baños. Necesitaba mantenerme activa para no pensar demasiado. Y entonces, sonó el timbre: primero el portero automático de la calle y después, el de la entrada. Antes de abrir, corrí al baño para sacudirme el polvo del pelo y lavarme la cara. Me peiné como buenamente pude.

Entonces ya estuve lista para dejar entrar a John.

—¿Cómo estás? —le pregunté al tiempo que cerraba la puerta mientras él se quitaba el abrigo.

Me miró.

—Ahora mejor.

Me dejé abrazar y reconfortar por su calor.

—Cada vez soporto menos estar lejos de ti —me dijo al oído.

Suspiré y él decidió besarme con agresividad. Me sorprendió al cogerme en brazos y estampar mi espalda contra la puerta de la entrada. Sentí sus labios buscándome con verdadera necesidad. La misma que yo sentía por los suyos.

—¿Rachel duerme? —preguntó en medio de aquel mar de respiración agitadas.

—Sí —gemí mientras él dejaba que su boca viajara libremente por mi cuello.

Entonces John Miller me llevó a cuestas hasta mi habitación y cerró la puerta, echando el pestillo.

Me echó en la cama y se dejó caer sobre mí. Le envolví con mis piernas y dejé que poseyera mis labios con total libertad.

—Te adoro —me dijo mientras se deshacía de mi blusa.

Besó mis pechos y los acarició. Cerré los ojos y permití que desabrochara mi sujetador. Pero entonces él se quitó la camisa y al momento se abalanzó sobre mis labios. Sus besos me hacían elevarme hasta rozar el cielo, al igual que se rozaban nuestras pieles cuando John me hizo suya. Se hundió en mí de tal manera que fuimos uno y nada ni nadie podría separarnos jamás.

Ambos estallamos en un orgasmo mutuo y nos sostuvimos con fuerza, el uno sobre el otro, hasta confesarnos el amor que nos teníamos con sólo mirarnos. Cuánto lo había deseado. Y cuánto me había negado a mí misma el derecho a sentir amor.

—Quiero hacerte feliz, Sarah —susurró él cuando aún estábamos abrazados.

Respiré hondo y lo miré.

—Ahora lo soy —respondí en voz baja con una sonrisa de entrega.

Pasadas un par de horas más, Rachel continuaba aún dormida y John estaba en mi cama, junto a mí y acariciaba mi cuerpo desnudo que estaba completamente a su merced.

—He comprado entradas para ir al zoo este sábado, con Rachel y Carla —dijo de pronto.

Me giré.

—Me parece una idea estupenda —comenté, aún en mi nube de felicidad plena.

—Creo que podríamos hablar con Carla y decirle lo que ocurre de la mejor manera… Aunque le cueste aceptarlo, al principio.

Entonces me caí de mi nube y me estampé contra la

realidad.

—¿Y si no me quiere, John? No quiero que tu familia sufra por mí, no es justo —me apresuré a decir con miedo.

Mucho miedo.

—Yo te quiero —dijo él sin vacilar —.Te amo. Te adoro. Eres mía y el mundo lo tiene que aceptar, empezando por mi hija.

Y me besó. Con mucha ternura. Con mucho amor.

18

John me observaba absorto mientras yo me vestía. Me puse unos vaqueros negros ajustados y un jersey blanco de cuello alto. Le miré a los ojos. Su azul me seguía fascinando como el primer día en que los vi, pero ahora de una manera muy distinta.

—Eres preciosa —me dijo cuando volví a sentarme en la cama para ponerme unos botines.

Se acercó a mí y besó el lóbulo de mi oreja. Él aún continuaba sin ropa, envuelto en mis sábanas. Hacía unos minutos, yo me había encontrado recostada a su lado, también con mi piel descubierta, mientras John había acariciado mi espalda con sus dedos. Fue la clase de momento que una desea que no termine nunca.

Pero debía vestirme, ver cómo estaba Rachel y tal vez, comer algo antes de darle la clase a Carla.

—¿No necesitas volver a la oficina? —le pregunté con preocupación —.Normalmente le dedicas mucho tiempo y tal vez te esté perjudicando faltar tanto de tu empresa.

Él me sonrió.

—Muchas veces trabajo más de lo que debo… No te preocupes, Sarah, sé en todo momento lo que hago —me aseguró John.

Vi que se incorporaba y se ponía su ropa interior. Tardó medio minuto en vestirse con su pantalón de pinzas y su camisa de rayas. Realmente estaba delgado y su altura debía sobrepasar el metro noventa. Me imponía mucho su presencia, a la vez que me emocionaba y, en cierto modo, me excitaba.

Y cuando él me miraba con aquella ternura me sentía segura y querida.

—Abrázame —le pedí antes de que saliéramos de mi habitación.

Era tan alto que mi cabeza quedaba casi debajo de su pecho y sus brazos me cubrían por completo.

—Nunca había sido tan feliz —susurré, apoyada en él, abrazando su espalda.

John besó mi frente.

Más tarde, desperté a Rachel –que llevaba toda la mañana dormitando– y le puse un plato de puré. Ella parecía estar más entonada e incluso se animó a pintar después de comer y, cuando llegó Molly, incluso le pidió salir a pasear al parque.

John se quedó a comer con nosotras –Rachel y yo–, le preparé brócoli con puré de patata y un par de filetes de merluza.

—Seguramente Brigitte cocine mejor que yo —le previne antes de que probara el primer bocado.

—Brigitte es buena cocinera, pero estoy seguro de que no le pone tanto amor como tú, Sarah —me dijo.

Al rato, John se había terminado el plato entero.

—Me ha encantado —me sonrió.

No quise darle mayor importancia, era brócoli y sólo había que cocerlo al vapor. ¿Qué mérito podía tener aquello?

—La semana pasada, le preparé a Carla una tortilla de pimientos asados y calabacín, con patata. Le encantó.

Yo estaba lavando los platos cuando me contó aquello. Me giré, atónita.

—No sabía que te gustara cocinar —comenté —.Es toda una sorpresa.

—Me gusta, pero trabajando tantas horas… No me queda mucho tiempo libre para experimentar recetas nuevas.

John se levantó y caminó hacia mí, me rodeo la cintura mientras yo terminaba de fregar una sartén y me besó en el cuello.

—Me tengo que ir, luego vendré a recogerte para

la clase de francés —susurró —.Te quiero.

Y le vi marcharse de la cocina. A los diez segundos, escuché la puerta de la calle cerrarse. John se había marchado. Una hora después, Molly ya estaba en casa, dispuesta a llevar a mi hermana al parque.

*

Era viernes, y por tanto, la última clase de aquella semana. Sólo quedaba una semana más antes del temido examen de francés y yo temía que si le contábamos a Carla lo que estaba ocurriendo antes de tal fecha, ella, en un arrebato de tristeza o enfado, hiciera peligrar lo que tanto esfuerzo le había costado.

Debía contárselo a John. "Después de la clase, hablaré con él", pensé.

Carla salió a recibirme de su habitación con una gran sonrisa. Nos sentamos en su cama y abrimos los libros. Llegaba un momento que su buena disposición me hacía pensar que disfrutaba realmente de aprender el idioma y que cada vez estaba más entusiasmada con la idea de ir a estudiar a París.

Desde luego, la última semana, la hija de John había estado en posesión de un buen humor y una alegría poco propios de ella. Temí porque hubiese caído en las redes de aquel chico del que me había hablado.

Sentí la necesidad de preguntar.

—¿Qué fue de aquel que se había acostado con tu mejor amiga? —dije en francés.

Ella me miró, confusa. No supe si es que no esperaba

la pregunta o es que no había comprendido del todo el verbo. Pero el examen era oral y a mí no se me ocurrió una mejor manera de practicar que charlar de algo que a ella le pareciera importante, pero en francés.

—No quise saber nada de él —respondió ella.

Me sentí aliviada al comprobar que Carla no parecía incómoda con la conversación. Solamente le había sorprendido que yo le preguntara por el tema.

—Pero hay otro chico… Bueno, hombre — continuó ella, también en francés.

Su francés no era especialmente refinado, pero se expresaba bien y yo lograba comprenderla con facilidad.

—¿Qué quieres decir? —pregunté, continuando nuestra práctica lingüística.

—Es un profesor que acaban de contratar… Me da clase de física… Tiene treinta años… —lo dijo todo en un francés envidiable para una chica de su edad.

Lástima que el contenido de sus palabras me impidiese centrarme en su avance en el idioma.

—¡Treinta años! —exclamé ya en mi inglés materno.

Carla enrojeció.

—Pero no tengo nada con él… Al contrario, él sólo me explica las cosas que no entiendo y es muy atento y amable. Pero no se ha acercado especialmente. Es sólo que creo que estoy enamorada. A veces, en los recreos, se acerca a mí y charlamos de cosas. Me cuenta cómo fue para él la universidad y también me ha dicho que tiene dos perros… Es encantador —murmuró ella con una mirada soñadora.

—¡Te saca quince años! —le dije alarmada.

Y mi subconsiente, ese que siempre está ahí para recordarme las incoherencias me dijo: "Y John te saca veinte a ti".

—Lo sé… Y estoy hecha un lío… Pero nunca me había sentido así… Creo que si me lo pidiera, sería capaz de cualquier cosa —confesó la hija de John.

Y yo me di cuenta, de que me sentía exactamente igual por su padre. ¿Qué iba yo a aconsejarle a aquella adolescente enamorada? ¡Estando yo en las mismas circunstancias!

—Sólo te queda un año de instituto, Carla… Procura mantener las distancias… Tal vez, cuando acabes él esté interesado en ti… Mientras tanto no te conviene sobrepasar el límite de una conversación interesante —le dije, intentando tirar del poco sentido común que aún me quedaba.

Carla asintió, me escuchaba atentamente.

—Eres todavía muy joven… No quiero que te hagan daño —le dije con sinceridad.

Con el tiempo había aprendido a apreciarla, e incluso a quererla, en cierto modo. Era una niña con cuerpo de mujer, que se sentía sola por la falta de su madre y también de alguna manera, medio abandonada por su padre —salvo en las últimas semanas, quien se había aproximado más a su hija y parecía que poco a poco recuperaban la relación—.

—Gracias, Sarah —susurró ella.

Entonces pensé en preguntarle otra cosa en francés.

—¿Por qué me tiraste el zumo el día que nos conocimos?

Ella esbozó una sonrisa pícara. Tardó un par de segundos en responder.

—Supongo que quise asustarte, llamar la atención de mi padre... O ambas cosas. A veces, pensaba que mi padre le pedía a otras personas que se ocuparan de mí porque él no quería pasar tiempo conmigo.

Lo había dicho todo en francés, con una gramática correcta y una pronunciación más que aceptable. Y logró también transmitirme la tristeza que había tras aquellas palabras. "Sólo la gente profundamente infeliz, insegura y desdichada es mala con los demás" pensé. Y así estaba Carla cuando me conoció.

Ahora, gracias a que su padre había decidido cambiar su manera de comportarse con ella, parecía que la tristeza se iba extinguiendo poco a poco. "¿Pero y qué pensará cuando se entere de vuestra relación?" mencionó mi conciencia.

—Pero, ya no piensas así...¿Verdad? Tu padre es

bueno, pero a veces, míralo como si fuera un niño necesitado también de cariño, Carla... La muerte de vuestra madre fue dura para los dos —le dije en francés.

Ella me sonrió nostálgicamente.

—Ya no —respondió con cierta dulzura.

Dimos por finalizada la clase y yo bajé en ascensor hasta la planta baja, donde se encontraban la cocina, el enorme salón y la sala de invitados. John me esperaba frente a la entrada principal. La expresión de su rostro me hizo recordar el éxtasis que me había hecho alcanzar aquella mañana.

Sus caricias, sus besos.

—Hola —susurró él al tiempo que me envolvía de nuevo con sus brazos y me daba un pequeño beso en los labios.

Sonreí y entorné los párpados. John acariciaba mi cabello.

—Tengo que hablar contigo —le dije.

Él me guió hasta el salón y ambos nos sentamos en un gran sofá de terciopelo rojo que había frente a la chimenea.

—Lo del zoo no es tan buena idea... Es decir, me apetece que vayamos todos juntos... Pero es mejor esperar a que Carla haga el examen... Corremos el riesgo de que suspenda... Si se disgusta.

John me observó, pensativo. Asintió despacio.

—Tienes razón… Aunque no me guste ocultar lo que ocurre entre nosotros, porque te quiero, Sarah… Podemos esperar unos días más —afirmó, hundiendo su mirada en mí.

Temblé.

Sólo deseaba dejarme llevar de nuevo, perderme en sus brazos, en su cuerpo… Sentir todo el amor que nos teníamos. Lo deseaba con fuerza y me empezaba a costar concentrarme en nuestra conversación.

—Creo que es lo mejor —susurré.

Escuché un ruido y me alarmé al pensar que Carla pudiera estar cerca, escuchando.

Pero automáticamente me relajé al ver a Brigitte entrando en la cocina y dejando caer una bandeja sobre la encimera.

—Tranquila… Carla no suele bajar hasta la hora de cenar —sonrió John.

Parecía que estábamos sincronizados, él sabía en lo que yo pensaba a cada momento. Sentí la suavidad de sus dedos en mi mejilla y cerré los ojos momentáneamente. Sostuve su mano y la apreté con fuerza. Entonces él me besó de nuevo. Con más ansias y más fuerza que antes. Me dejó sin aliento.

Media hora más tarde, detuvo su Prius frente a mi portal y yo subí a casa, junto con Rachel y Molly.

*

Mi hermana miraba los tigres con un interés extraordinario. El color anaranjado, en contraste con el negro más esa mirada felina, le producían a Rachel verdadera fascinación.

Aunque nada, en comparación a cómo había reaccionado al ver los elefantes. "Están mal hechos", había dicho. Carla le había preguntado que por qué y Rachel había respondido que debían tener la trompa más corta porque si no, podrían tropezarse.

Jamás supe de dónde venía aquella fijación por los elefantes y su preocupación porque pudieran caerse.

Aún así me parecía entrañable.

Durante la visita, John aprovechaba a rozarme la mano cuando Carla no miraba e incluso me había robado algún beso cuando mi hermana y su hija estaban ocupadas hablando de alguna criatura.

Yo me ponía muy nerviosa, no quería que ninguna de las dos notara que había algo extraño. No quería sospechas. Aún no. Comimos en uno de los restaurantes del interior del recinto. Rachel devoró sus macarrones en el más absoluto de los silencios mientras Carla nos contaba que a una de sus amigas la habían expulsado del colegio por pillarla fumando porros en los lavabos.

—A ti ni se te ocurra fumar —le dije yo con un tono más maternal del necesario —.Es espantoso, ¿sabes que la marihuana puede producir esquizofrenia en los adolescentes?

—No, Sarah… Jamás se me ocurriría hacer eso. Odio el tabaco, sé que produce cáncer… Y los porros son malos. Además, soy asmática —y entonces echó a reír —.Tendría que ir a urgencias en el momento en que se me ocurriera fumar cualquier cosa.

Vi que John estaba palideciendo con las palabras de su hija. Me di cuenta de que empezaba a ser consciente de que Carla ya no era la niña tierna e infantil que él había visto crecer desde que nació.

Empezaba a tener más de mujer que de niña y supe que ello, le asustaba bastante a su padre.

—Así me gusta —sonreí —.Que tengas las cosas claras.

Carla dejó caer su cabeza sobre mi hombro cariñosamente y yo me sorprendí mucho con aquel gesto.

—¿Sabes, Sarah? Si hubiera una mujer en el mundo que pudiera ser como una madre, esa serías tú.

Advertí que la tez de John comenzó a ponerse de un tono azulado muy poco favorecedor. Mi espalda comenzó a sudar.

—¿Por qué os quedáis callados? Vi cómo os besábais ayer en el salón. Lo que no sé es por qué no me habéis dicho nada —comentó ella con naturalidad.

Me giré hacia ella y la miré con cierto temor.

—Carla… —empezó John —.Queríamos esperar a que hicieras el examen, para no perturbarte demasiado.

Agradecí su intervención. Volví a respirar con normalidad.

—No pasa nada papá… Estoy muy contenta —dijo ella —.Sarah, desde que tú estás con nosotros, todo es mejor… De verdad… No te vayas nunca…

Carla volvió a apoyarse sobre mi hombro y yo acaricié su cabello.

—Gracias —respondí yo —.Siempre podrás contar conmigo, Carla. Para lo que necesites —añadí.

Ella me abrazó con fuerza. Estábamos sentadas en unos sillones de cuero, de esos que se llevaban ahora en los restaurantes, entonces la hija de John –que se había sentado a mi lado– pudo echarse sobre mí como hubiese hecho cualquier chica de su edad en un arrebato cariñoso hacia una madre.

Contuve una lágrima de alivio y felicidad. Ya no había nada que pudiera preocuparme. Salvo mi trabajo, pero eso era lo de menos. Ya cruzaríamos aquel puente cuando llegásemos a él.

*

John y Carla nos invitaron a cenar en su casa. Era sábado y los sábados, Brigitte preparaba para cenar una exótica ensalada de lentejas, arroz negro, arroz rojo y frutos secos. Tuve mucha curiosidad por probarlo, aunque no tuve claro que Rachel tuviese la misma intención que yo.

—Está muy bueno, Rachel —intentaba convencerla Carla mientras íbamos en el coche —.Las lentejas tienen mucho hierro, ya verás cómo te gustan con el arroz.

Reí al escuchar el argumento. Mi hermana la observaba con desconfianza.

—Me gusta más el arroz con tomate —continuaba Rachel.

Por algo éramos hermanas –muy obstinadas las dos–.

John conducía y yo podía observar como su rostro, absolutamente relajado y en paz, reflejaba una felicidad que hasta ahora sólo había visto en el momento que habíamos hecho el amor. Nos dejó a todas en la puerta de la mansión Miller y él se fue a aparcar el coche. Al entrar, me extrañó ver tres enormes maletas de Carolina Herrera apiladas en el hall. Carla tampoco sabía por qué aquello estaba allí.

—¿Brigitte? —preguntó la hija de John mientras entraba en la cocina.

Mientras ella se alejaba, escuché unos pasos que procedían del salón. Y de un momento a otro, una mujer se encontraba ante mí. Alta, con unos elevadísimos tacones y enfundada en unos pantalones de cuero blanco…

Miré su cara y de pronto, pensé que estaba frente a una muerta. Exactamente igual a la foto de Diana Miller. Pensé que me desmayaba cuando ella me estrechó la mano.

—Soy Susanna Winteroth, la hermana gemela de Diana… Encantada… ¿Está John? Tengo que hablar con él.

—Sarah… Praxton… —balbuceé yo —.John ha

ido a aparcar.

Al momento, la puerta principal se abrió y John Miller entró en la casa. Pude contemplar cómo su rostro se agriaba y tomaba una expresión de agresividad, acompañada por unos ojos turquesas tan intensos que tuve miedo de encontrarme en el blanco de aquella mirada.

— Tú —espetó él —. A qué has venido.

Atónita, observé cómo ella se lanzaba sobre mi jefe y lo abrazaba, echándose a llorar sobre su hombro.

—Peter me ha sido infiel y nos hemos divorciado... Me ha echado de casa, John... No tengo nada, ni dinero, ni casa... Hasta que gane el juicio no tengo donde vivir —sollozaba ella.

Por alguna razón sus lágrimas no me parecieron creíbles. John no hizo amago de abrazarla, intentó apartarse y la sostuvo por los hombros, casi a punto de empezar a zarandearla.

—¿Qué quieres decir? Puedo pedirle a Brigitte que te prepare un cuarto... Pero no vas a quedarte a vivir aquí.

—Por favor, John... Por todo el cariño que un día hubo entre nosotros, por Diana... Déjame quedarme contigo unos meses, no tengo a dónde ir.

Se me encogió el corazón. Aquella mujer era la viva imagen de su difunta esposa. Igual que Diana. ¡Eran gemelas! No, no podía competir con aquello. Y además, algo me decía, mi intuición femenina y la facilidad para calar a las mujeres innata que yo había heredado de mi madre, que Susanna Winteroth no tenía la menor intención de apartarse de John tan fácilmente. Era una mujer despechada, desesperada y que había dicho: "por el cariño que un día hubo entre nosotros".

Cogí a Rachel y abandoné la mansión Miller lo más rápido posible. John salió corriendo detrás de mí, pero ya era tarde. Cogí un taxi al vuelo y regresé a casa con mi hermana. "Demasiado bueno para ser verdad", me decía mi subconsciente.

Aquella noche me deshice en un mar de lágrimas. Me sentía perdida, confundida. Y fui consciente, de que había muchas cosas del pasado de John que apenas conocía. "Pero le amo", pensé. "Aunque me he precipitado, tal vez esté equivocada", me dije a mí misma después.

Silencié la Blackberry. Le envié un mensaje a John que decía lo siguiente: "Estoy bien, sólo estoy cansada. No me llames esta noche" para no alarmarle hasta que yo aclarara mis ideas. Sin embargo, él no me hizo caso y el teléfono vibró sin descanso hasta bien entrada la madrugada.

Rozando el cielo

19

Se trataba de un hombre con poco pelo en la coronilla. Sus facciones redondeadas y sus ojos vivos y pequeños me indicaban que se trataba de una persona cordial, amable y tranquila. Pero de todas maneras me estresaba. Le observé detenidamente. Vestía una camisa blanca y pantalones de vestir azul marino. No estaba gordo pero tampoco era especialmente atlético. Contaría con unos cuarenta y pocos años. De altura media y manos finas, con dedos largos.

John me había dicho que le había contratado para que analizara el Feng Shui de la oficina, lo cual me pareció bastante extraño. ¿Qué demonios le podía importar a John Miller una superstición oriental acerca de la manera de amueblar las casas? "Lo localizó Miriam y me lo envió para que lo entrevistara", me había explicado él aquella mañana.

*

Mientras comíamos, le conté a Molly quién era Susanna y la escenita que presencié cuando Rachel y yo estábamos en casa de John, después de haber pasado el día entero en el zoo.

—Me sorprende tu sangre fría —me dijo ella cuando le conté el plan para engañar a Susanna —. Pero estoy de acuerdo en que algo tienes que hacer. No pinta bien.

—No pienso dejar que se salga con la suya, es una mentirosa y se aprovecha de la buena voluntad de su cuñado. ¡Es una pedazo de hija de…! —gruñí, pero no llegué a terminar la frase.

—No dudes de que John te quiere. A lo mejor estás celosa… —quiso chincharme ella.

Negué con la cabeza.

En absoluto sentía celos. Pero el no sentir celos no significaba que yo no fuese consciente del verdadero peligro que entrañaba tener una mujer manipuladora viviendo en la misma casa del hombre por el cual yo suspiraba.

Y no es que yo quisiera pensar que John era un hombre débil de carácter, o que se dejase llevar exclusivamente por el físico de una mujer… Lo que ocurría era que yo era consciente de que John, simplemente, era hombre. Y como hombre que era, el hecho de que Susanna un día se pudiera poner en ropa interior delante de él con la intención de seducirlo para mí entrañaba problemas.

—Tengo que echarla de allí. Aunque sea

arrastrándola —farfullé mientras terminaba mis tallarines.

Molly estalló en carcajadas y me aplaudió.

—A todo esto —añadí —.Me quedan aún cuatro clases de francés con Carla.

Fui a cambiarme de ropa antes de que John viniera a buscarme con su Toyota Prius.

Supuse que después de la clase, me traería para recoger a Rachel y llevarnos de nuevo a su casa para cenar con su terrorífica cuñada.

Me puse unos vaqueros oscuros y un jersey rosado de cuello en pico. Me recogí el pelo en una trenza espigada y me calcé mis botines negros. Antes de salir de casa, como siempre, le di un beso a Rachel – que dormía la siesta – y me despedí de Molly.

Llamé al ascensor y esperé pacientemente. Descendí hasta la planta baja y abrí la pesada puerta de hierro del portal. Sonreí al ver a John apoyado sobre su coche, que había aparcado en doble fila.

Me miraba me una forma penetrante y yo sentí que me estremecía en cada fibra de mi ser. Lo abracé y apoyé mi cabeza sobre su pecho. Él beso mi cabello y acarició mi espalda. Después nos subimos en el Toyota y él me estuvo contando que tenía intención de comprarse una casa algo más grande y familiar en las afueras de la ciudad.

—La que tienes ahora es muy grande… ¿Por qué ese cambio? —pregunté con curiosidad.

—Porque quiero empezar una nueva vida. Quiero hacer cosas nuevas… ¿Tú nunca has intentado empezar de nuevo, Sarah? —me preguntó él.

Unas mariposas batieron sus alas con agilidad en el interior de mi estómago. "Quiero empezar una nueva vida", había dicho... Y yo me sorprendí a mí misma deseando formar parte de ella.

"Sin Susanna, al ser posible", me recordó mi subconsciente.

—Sí... John... ¿Qué tal ha pasado Susanna la noche? —indagué antes de que llegarámos a su casa.

Escuché que resoplaba y le vi fruncir el entrecejo.

—Yo le he pedido a Brigitte que me pusiera una cama en el loft de Carla. Para evitar momentos incómodos —me dijo con resignación—. No sé qué hacer, Sarah. No puedo dejarla en la calle... Pero al mismo tiempo, detesto tenerla cerca. Me asusta.

Sus palabras me hicieron confiar aún más en él. Había admitido abiertamente que Susana representaba peligro.

"Y no sólo peligro, sino ambición, codicia, egoísmo... Una mujer sin escrúpulos", pensé. "Tal vez la esté juzgando mal", rectifiqué después. "Tal vez sea una mujer infeliz, que no sabe dónde buscar para sentirse realizada y aceptada", recapacité.

Entonces mi subconsciente habló: "pues que vaya a buscar su felicidad a otra parte".

—Tal vez, John... Perdona que me atreva a darte mi opinión... —comencé yo.

—Lo que más me gusta de ti Sarah, es que jamás puedes dejar de decir tu opinión sincera cuando te la piden —puntualizó él con una sonrisa traviesa.

Reí.

—En realidad me parece extraño que Susanna, tras un divorcio de un hombre aparentemente adinerado, no tenga nada a lo que agarrarse...

—Lo sé —me dijo John —. Pero al parecer, según me contó, a su exmarido, Peter, le han congelado las cuentas por deudas y por el momento se ve incapaz de pasarle una pensión.

—Será que no tiene joyas para vender, ni maletas de Carolina Herrera... —ironicé yo.

—Sarah, no seas cruel, te lo suplico —dijo él, algo más serio.

—No soy cruel. Lo que no quiero es que se aproveche de una buena persona como tú, John — argumenté.

Entonces él acarició sutilmente mi mano mientras dirigía el volante sólo con su mano izquierda –John era zurdo–.

—Soy buena persona, pero no soy idiota Sarah... Y si crees que Susanna va a instalarse cómodamente en mi hogar, te equivocas —dijo entonces, también con un destello de malicia en sus pupilas.

Respiré más tranquila al escuchar aquellas palabras. Por lo pronto, John parecía pensar igual que yo.

Aunque me continuaba preocupando el hecho de que Susanna se encontrase verdaderamente arruinada.

"Las ratas acorraladas son muy peligrosas, porque no tienen nada que perder", susurró la voz de mi conciencia.

John me dio un corto beso en los labios antes de dejarme frente a la puerta de su casa.

Mi mente acarició la idea de que sería probable que me encontrara con la malvada cuñada de camino al loft de Carla. Y, efectivamente, cuando llamé al timbre, en lugar de ser Brigitte, como de costumbre, quien me atendiera, fue Susanna, subida en unos tacones vertiginosos y enfundada en un vestido de cóctel asfixiante que marcaba cada pliegue de su piel.

A mí no me gustaba la falsedad, por ello, cuando alguien no me caía en gracia, no me costaba demostrarlo. Pero tuve que reconocerme a mí misma que, para que mis planes surtieran efecto, debía aparentar ser un alma cándida, encantadora e ingenua. Así que sonreí y suavicé mi voz.

—Buenas tardes, he venido a darle clase a Carla... Usted debe de ser la señorita Winteroth... Me pareció que nos conocimos el otro día —saludé amablemente.

Ella pareció complacida con mi actitud y me abrió paso.

—Sí, efectivamente. Disculpe si fui brusca, ya sabe, cuando una no tiene a donde ir... —empezó ella.

Quise retirarme hacia el ascensor, pero Susanna no

me dejó.

—Venga usted a la cocina, Brigitte nos servirá un poco de vino.

—Me encantaría, pero debo cumplir mi horario, dentro de poco Carla se examina y tenemos mucho que hacer —expliqué, con la esperanza de que quisiera dejarme marchar.

—Sólo serán unos minutos, además me gustaría preguntarle algunas cosas acerca de John, hace mucho que no le veo y temo haber sido un poco inoportuna al llegar de pronto, sin avisar.

Conté hasta diez para no lanzarme a su cuello y perforar sus carótidas con mis dientes. Después, pensé que tal vez, podría aprovechar aquella oportunidad para llevar a cabo mi plan.

—Está bien, pero sólo unos minutos —cedí con una falsa sonrisa.

Caminé hacia la cocina. Ella se sentó en uno de los taburetes y Brigitte –quien observaba a Susanna con bastante recelo– nos sirvió dos pequeños vasitos a medio llenar con vino blanco.

Cabe decir que nunca jamás me ha gustado el sabor del vino.

Aún así, bebí un sorbo con estoicismo y mantuve mi sonrisa y mi expresión relajada lo mejor que pude.

—¿Usted trabaja para John? —indagó ella.

Asentí con un suave movimiento de cabeza.

—Soy su asistente personal en Terrarius, las clases de francés son un favor personal —aclaré.

—Entonces debe de estar al corriente de muchas cosas —susurró ella con emoción.

No podía creer que pretendiera sonsacarme información a mí, acerca de John. Sonreí para mis adentros, claramente Susanna no tenía ni idea de lo que había entre su cuñado y yo.

—De muchas —sonreí triunfal —.Pero son sólo de trabajo, me temo que de otro tema no puedo ayudarla —me excusé con amabilidad, tratando de aparentar ser dócil.

—Oh, claro… John sólo vive para su empresa. Lo había olvidado. Aunque, en cierto modo, eso es bueno, a la vista está por lo bien que vive, que gana mucho dinero —comentó ella antes de sorber un trago de su vaso.

Fingí un rostro compungido y me dispuse a contar la gran mentira.

—Antes ganaba dinero… Pero ahora las deudas le comen, de hecho, dudo de poder conservar mi puesto de trabajo hasta finales de año… Es una pena, pero vamos a entrar en suspensión de pagos… Será un milagro si John no pierde hasta su casa —mentí, como una bellaca.

Al instante me sentí culpable.

Susanna se llevó las manos a la boca en un ademán de sorpresa. Claramente no esperaba aquellas palabras.

—¿Tan grave es? —preguntó Susanna —.Supongo que tendrá dinero en Suiza…

Aquello me pareció el colmo. Sin embargo, no quise responder.

—No estoy al corriente de eso, señorita Winteroth, siento mucho no poder facilitarle esa clase de información... Ahora... Creo que voy a subir a ver a Carla. Ha sido un placer charlar con usted.

—Igualmente —murmuró ella con voz queda.

Y la dejé ahí. De pie, con el vino en la mano y mirando hacia el infinito.

Pensé que había hecho bien mi trabajo. Pero aún así habría que soportar la cena de aquella noche.

Cuando salí del ascensor, Carla estaba ya sentada en uno de sus puffs esperando con ansiedad.

—¿La has visto? —preguntó con amargura.

—Sí —bufé —.Aunque es tu tía, supongo que ella te quiere.

Carla echó a reír.

—Mamá no quería ni ver a la tía Su. De hecho, mi padre es la primera vez que se encuentra con ella desde el funeral.

Fruncí el entrecejo y me di cuenta de que Carla quería contarme aún más cosas. Me observaba con expectación y entonces yo me di cuenta de que la hija de John pretendía que me sentara en el puff que había a su lado para escuchar la historia completa.

Y así lo hice.

—Te voy a contar un secreto Sarah... Yo me enteré porque a veces... Ya sabes, cuando una es una niña, los adultos piensan que no te enteras de nada y hablan de cualquier cosa sin ningún pudor.

—Vaya... Me estás poniendo nerviosa —

confesé.

—Susanna es como un demonio —dijo Carla.

—Eso me lo creo —suspiré —. Me transmite una atmósfera extraña, entre la falsedad y el asco.

—Mira, cuando mis padres eran novios y estaban a punto de casarse, ellos habían salido de noche y habían bebido más vino de la cuenta… Ambos se quedaron a dormir en casa de mis abuelos, pero en camas separadas, porque estaban de vacaciones en la casa de los Hamptons…

—Ajá —asentí, invitándola a continuar.

—Pues tía Su, se hizo pasar por mamá, poniéndose su pijama y peinándose como ella para meterse en el cuarto de papá… Y como papá había bebido vino, no se dio cuenta…

Contuve un grito de horror.

—¿Y… Ocurrió… Eso? —pregunté atónita.

—No… —negó Carla —.Mi madre entró después en el cuarto y la pilló antes de que pudiera ocurrir nada. Desde entonces no la volvió a hablar.

Comprendí entonces por qué John me había dicho que Susanna Winteroth le asustaba. Tuvo que haber atravesado una experiencia muy desagradable cuando ocurrió aquello. Pero, ¿por qué Susanna iba a querer acostarse con el novio de su hermana? ¿Para compararse con ella? ¿Para sentirse superior?

Yo no alcanzaba a comprender del todo los motivos que podían llevar a una persona a hacer semejante cosa, pero algo me decía que no eran nada buenos.

—Escucha Sarah… Papá me ha pedido que

hable contigo… Quiere que la cena sirva para echar a Susanna de casa y tenemos que estar todos enterados del plan que tiene…

Me pareció una locura.

Pero cuando Carla terminó por contarme lo que iba a ocurrir… No pude contener la risa.

—Está bien, lo haré —le dije a la hija de John.

Aquella tarde no hubo clase de francés.

*

Le puse a Rachel un bonito vestido de invierno con unos leggins negros y unos botines marrones para ir a cenar a casa de John.

Molly me deseó mucha suerte. La íbamos a necesitar.

Supe que a Susanna le extrañaba mi presencia a la hora de cenar. No debía de comprender por qué una asistente, empleada de John, iba a cenar a su casa y era recibida como una más de la familia.

Brigitte nos sirvió uno a uno, unos suculentos platos de ensalada de pasta. Mientras Susanna agarraba su tenedor, pude contemplar su anillo de oro con un pedrusco de color azul gigantesco. Aquella mujer, entre su cabello rubio teñido, sus pendientes de diamante y su ropa de tejidos delicados, añadido a sus toneladas de maquillaje que hacían por disimular algunas arrugas y manchas, me pareció sumamente artificial. Una muñeca creada a imagen y semejanza de las exigencias sociales y consumistas. Una marioneta. En lugar de una persona, me parecía un caparazón vacío que imitaba al ser humano, pero que en realidad no era más que eso, una burda imitación.

Me pregunté por qué aquella mujer me despertaba aquellos sentimientos tan repulsivos, sin, en teoría, tener nada personal en contra de ella.

—¿Te gusta la sortija, Sarah? —me preguntó ella. Claramente esperaba un "sí" por respuesta.
Pero ya no pude contener más mi sinceridad.

—En realidad pensaba en la cantidad de recursos que se utilizan para fabricar joyas que se desperdician. Ella enarcó una ceja.

—No entiendo, querida —dijo antes de sorber un poco de champán —. Este anillo me lo regaló Peter, lo compró en París… En la place Vendôme.
Por el rabillo del ojo, vi que John sonreía tímidamente. Sabía que iba a atacar. Conocía mis reacciones.

—En general las joyas no me gustan… Me parecen inútiles… Creo que la cantidad de dinero que cuestan, en realidad no lo valen, porque no tienen ninguna función útil, salvo adornar…

—Eso suele decirse cuando no te las puedes permitir —dijo ella con una gran sonrisa de superioridad.

—Prefiero invertir setenta mil euros en una empresa pequeña que sea ecológica y dé trabajo a varias personas que gastarlo en un diamante para mi dedo sólo por verlo brillar —argumenté —. En el mundo habría más recursos para todos si no existiera

261

gente tan acaparadora y egoísta.

Susanna bufó con desprecio y agitó su mano en un ademán de indiferencia.

—Sarah… —dijo John —.Espero que entonces no te enfades conmigo.

Le miré, inquisitiva. Aquella parte no entraba dentro de nuestro plan.

Por eso me sorprendió.

—¿Por qué iba a enfadarme? —pregunté.

—Porque te he comprado uno de esos diamantes.

Abrí mucho los ojos y elevé mis cejas con asombro cuando John sacó una cajita de terciopelo oscura y la abrió a mi lado.

—Me gustaría que te casaras conmigo, algún día —susurró él.

Atónita y bloqueada dejé que John colocara la sortija en mi dedo.

Advertí que la expresión de Susanna se tornaba sombría. Se mantenía en silencio, sin atreverse a decir nada.

—¿Y por qué, ahora? —pregunté en voz baja.

Supuse que ahora vendría la parte del plan acordado.

—Porque lo sé todo. ¿Por qué no me has contado que estás de dos meses? Sabes que te quiero y quiero ser el padre de ese niño. No entiendo por qué no me lo has dicho antes.

Hice como que me sorprendía.

—Lo siento John, no sabía qué podrías pensar… Además está Susanna delante… Creo que podemos hablarlo en otro momento.

—No, si ella va a quedarse aquí, tiene que saber que vamos a casarnos.

Entonces escuchamos que Susanna corría la silla hacia atrás y se levantaba bruscamente de la mesa.

—Creo que estoy un poco mareada… John… Lo siento… No debí venir, no quiero interrumpir tu vida. Creo que me las apañaré bien… Oh Dios mío, estoy hiperventilando —dijo mientras se abanicaba la cara con sus propias manos —.Además, podrías haberme dicho que tu empresa estaba quebrada.

Mientras hablaba, se iba desplazando hacia la salida del salón. Empezó a llamar a gritos a Brigitte para que ésta bajara sus maletas cuanto antes.

—Afortunadamente, aún no las he terminado de deshacer… —explicó ella.

No pasaron ni diez minutos cuando la vimos desaparecer por la puerta principal, sin dejar ni rastro. Su plato aún estaba lleno, al igual que su copa. Había salido despavorida.

—Nunca pensé que una persona pudiese huir tan rápido —murmuré.

—Sarah… —dijo entonces John observándome con curiosidad —.¿Por qué ha dicho que mi empresa está quebrada?

Entonces eché a reír.

—Le dije que estabas en la ruina para que no pensara que podía aprovecharse de tu dinero —me disculpé —. Lo siento, tal vez no debí haberlo dicho.

Y de pronto, John se abalanzó sobre mis labios y me

besó.

Rachel se puso a gritar y a aplaudir y Carla continuó comiéndose su ensalada en un intento por ignorar nuestro arrebato cariñoso. Cuando terminamos de cenar, John me dijo que había preparado un cuarto para Rachel y que podíamos quedarnos a dormir.

La intensidad de su mirada me impidió negarme. Pues yo necesitaba estar en sus brazos tanto cómo él deseaba hacerme el amor.

*

Dejé a Rachel durmiendo en el loft de invitados, rodeada de peluches y cubierta con un edredón rosa, muy bonito. Carla le había prestado un pijama.

Cuando ambas estuvieron ya en sus cuartos, John me llevó al ascensor y nos bajamos en su habitación.

—Cierra los ojos —me dijo antes de entrar en el dormitorio como tal.

Obedecí y el me guió hasta su cama, donde me senté.

—Ya puedes abrirlos —susurró él en mi oído.

Contuve el aliento al observar un nítido retrato de mi rostro pintado en sombras con carboncillo, enmarcado y colgado en su pared, frente a su cama.

Me observé. Mis rasgos estaban captados con tal realismo, que aquello parecía un espejo en blanco y negro. Lo contemplé durante unos minutos en silencio y después busqué la firma del autor.

Haller.

No podía creerlo.

—Haller… —dije pensativa —.No creo que sea el mismo Haller que esta mañana ha estado estudiando lo del Feng Shui… ¿no?

John estalló en carcajadas y me acarició la mejilla.

—Eres tan inocente. Contraté a Haller para que pintara tu retrato esta mañana… Pero le pedí que fuera discreto.

Entonces caí en la cuenta.

—¡Por eso me miraba tanto! Yo pensé que quería ligar conmigo —confesé avergonzada.

—Tampoco me hubiese extrañado —dijo John cerca de mi cuello —.Eres preciosa. Por eso he pedido que te pintaran.

Le miré, absorta. No me parecía creíble estar viviendo aquel sueño. De pronto, John besó el lóbulo de mi oreja, descendió por mi piel hasta llegar a mi clavícula y luego subió a mis labios. Me dejé llevar por su contacto. Por su suavidad… Por el cariño con el que me rozaba… Hasta quedar desnuda bajo él, sometida a sus caricias y a sus besos.

Emití un suspiro de placer cuando le sentí dentro, haciéndome el amor con intensidad, llevándome al cielo. Sincronizando nuestras respiraciones y nuestros movimientos hasta alcanzar el éxtasis que ambos habíamos buscado el uno en el otro.

Cuando al fin estuvimos exhaustos, las caricias cesaron y John me abrazó, apretándome contra él y cerramos los ojos para dormir lo que quedaba de madrugada. Me di cuenta de que en mi dedo aún estaba el anillo con aquel diamante.

¿Aquello había sido verdad o sólo había formado parte de la estrategia para ahuyentar a Susanna?

Jamás, hasta aquel momento, me había planteado con seriedad la cantidad de implicaciones que acarrearía un matrimonio con un hombre como John.

Siempre lo vi tan lejos…

Respiré despacio, sonreí y de pronto, descubrí en lo más hondo de mi ser el verdadero deseo de experimentar todas y cada una de las consecuencias de dar el *sí quiero*.

Rozando el cielo

20

Quedaban veinte minutos para que Carla terminase de hacer el examen. Aquella tarde, John y yo la habíamos acompañado al pabellón donde se llevaría a cabo el ejercicio. Tuvo que entrar ella sola acompañada de su carnet de identidad y un bolígrafo. El examen constaba de dos apartados: uno escrito que a duras penas contaba el diez por ciento del total, y otro de carácter oral, de la cual dependía el noventa por ciento de la nota.

Carla le dio un gran abrazo a su padre antes de desaparecer entre las paredes de ladrillo de aquel imponente edificio. Después me dio un beso en la mejilla y yo le deseé suerte. Estaba segura de que se había preparado bien y en ningún momento dudé de que fuese sobradamente capaz de aprobar el examen —incluso con buena nota—. Pero a pesar de todo, ella estaba nerviosa y lo había estado manifestando unos días antes volviéndose más callada y retraída de lo habitual. Me senté en uno de los bancos de madera que había cerca de la puerta principal del pabellón. John se sentó junto a mí.

—¿De verdad quieres que tu hija se vaya a Francia a estudiar? —le pregunté.

Él negó con la cabeza. Pude percibir una pizca de tristeza en aquel gesto: en su manera de entornar los párpados y de fruncir sus labios levemente.

—Pero necesita una buena formación… Conocer el mundo y valerse por sí misma — argumentó.

—Puede aprender a hacerlo sin salir del país… Le basta con ir a una residencia universitaria.

—Pero no tendría que cambiar de idioma y estaría aún en su ambiente. Quiero que aprenda a adaptarse, como hice yo cuando mis padres me enviaron a estudiar a Cambridge con dieciocho años.

—Pero… ¿Y si ella no quiere irse? —teoricé — .Ahora que os lleváis mejor… Tal vez no quiera alejarse de ti.

John me miró y descubrí que el azul de sus ojos comenzaba a adquirir el peligroso tono turquesa.

—Escucha Sarah, en la vida, en ocasiones hay que sufrir para conseguir lo que se quiere.

Solté una carcajada de sarcasmo. Y después le miré inquisitivamente.

—¿Eso me lo estás diciendo a mí? —pregunté con un tono amenazante.

—Carla estudiará en París, es todo —zanjó él.

Lo que John no sabía era que su hija me había confesado unos días antes que no quería marcharse de su casa. Antes lo había visto como un modo de escapar de su vida solitaria y de la amargura, pero ahora, estando enamorada de aquel chico, y habiendo retomado su relación con su padre, prefería continuar estudiando en su hogar.

O al menos, en su país.

Yo le había prometido a Carla que haría todo lo que estuviera en mi mano para hacerle cambiar de idea a su padre, pero le pedí que no suspendiera el examen, pues además de ir a una universidad francesa, también podía abrirle otras puertas profesionales y académicas.

Además, no ganaría nada suspendiendo a propósito, porque yo estaba segura de que John le obligaría a presentarse al año siguiente.

—Carla quiere estudiar diseño y moda… No es una carrera con grandes salidas, pero tendrá más oportunidades profesionales si va a París… Además aprenderá francés y conocerá lo que significa la palabra esfuerzo —reflexionó John en voz alta.

Me dio la impresión de que hasta él necesitaba convencerse a sí mismo de que hacía lo correcto. Porque, ¿a qué padre amoroso le gusta separarse de su hija?

—¿Y si ella quisiera estudiar otra carrera, dejarías que se quedara a estudiar aquí, en Estados Unidos? —indagué.

John se mantuvo pensativo.

—Quizá… Pero también quiero que salga al extranjero en algún momento para que vea otra manera de hacer las cosas y sea más independiente.

Yo entendía su punto de vista. Su idea consistía en hacer de su hija una mujer con autonomía, capaz de valerse por sus propios medios, sin miedo a enfrentarse a lo desconocido. Y era una buena idea, magnífica. Eran cualidades muy deseables para un hijo.

Pero Carla, que había perdido a su madre y se había sentido algo abandonada por su padre, ahora que empezaba a mejorar su situación tuviese que marcharse de su casa… Pensé que tal vez, efectivamente, sería positivo para ella ir a vivir una temporada al extranjero… Pero no en aquel momento, no con dieciocho años. Aquello podía esperar.

No obstante, Carla era hija suya y no mía, por lo que mi opinión siempre quedaría en segundo plano.

—¿A dónde quieres llegar, Sarah? —John me miró a los ojos —. Di lo que tengas que decir.

Sonreí dulcemente y le acaricié el cabello con ternura. Él giró su cabeza y besó mi muñeca.

—Eres terca —susurró él —. Así que no me queda más remedio que escuchar lo que me quieras decir.

Pese al contenido reprochativo de sus palabras, el

tono suave y el cariño con el que las pronunciaba, me dieron a entender que en absoluto estaba enfadado… Sólo quería conocer mi punto de vista.

—Creo que tu hija te ha echado mucho de menos y que se ha sentido muy desamparada sin su madre… Tal vez aún no sea en momento de negarle vivir en una familia, con cierta seguridad. Podría salir del país más adelante, para hacer un máster o para trabajar… —sugerí.

John pasó su brazo por mi espalda y lo ciñó a mi cintura, acercándome a él. Después depositó un beso en mi frente y apoyó su cabeza contra la mía.

Se mantuvo en silencio unos minutos, reflexionando acerca de lo que acababa de decirle.

—Quizá tengas razón… Cuando a mí me enviaron a estudiar fuera, siempre había tenido una familia unida que me quería y me daba todo su apoyo… Por desgracia, Carla no ha tenido eso —dijo apesadumbrado.

Entonces me miró a los ojos.

—Ahora puedes dárselo —le susurré —. Siempre podemos recuperar el tiempo perdido.

Nos encontrábamos muy cerca el uno del otro. John decidió deslizar su dedo por mi cuello y arrancarme un suspiro. Me pregunté cómo era capaz de despertar en mí tantas sensaciones con sólo rozarme.

Me sentía tan atraída por él. Y no sólo a nivel personal, físico o emocional.

De algún modo me sentía espiritualmente muy cercana a él. Cómo si nos hubiésemos buscado el uno al otro a lo largo de los siglos.

—Creo que Carla ha recuperado una madre — dijo él con una seriedad casi sobrehumana.

Derramé una imperceptible lágrima de alegría y me dejé besar. El anillo continuaba en mi dedo, pero aún no me había atrevido a preguntar por él.

Carla salió muy contenta del examen. La nota sería publicada en el plazo de veinte días laborales –un mes, aproximadamente–.

*

Las semanas avanzaron. Las clases de francés habían terminado, pero aquello no fue excusa para que John no viniese a verme absolutamente todas las tardes – algunas veces, incluso con Carla y solíamos pasar las horas charlando e incluso jugando a algún juego de mesa con Rachel–.

Nos llevó de excursión varias veces: al campo, a algún museo… Empecé a pensar que parecíamos una familia completa.

Sin embargo, yo empezaba a sentirme incómoda en el trabajo. No sabía cómo encajar nuestra relación en el ambiente laboral. Incluso llegué a plantearme seriamente la opción de renunciar a mi puesto y echar mi currículum en otras empresas. Antes de empezar a trabajar con John, yo había cursado un máster en traducción literaria, para tener más opciones profesionales… Opciones que en aquel momento me veía obligada a valorar.

Yo no podía soportar llevar los informes a su mesa y notar su mirada clavada en mí. No podía disimular durante tantas horas los sentimientos que me inspiraba mi jefe. Y además, no me parecía ético ser la subordinada de mi pareja. Porque nuesrta relación había avanzado hasta tal punto de poder considerar a John como tal. Habíamos hecho el amor ya demasiadas veces como para catalogarlo como un simple affaire transitorio y compartíamos bastante tiempo juntos como para empezar a conocer nuestros defectos con la suficiente profundidad.

Aquella mezcla de amor y trabajo era explosiva y sería solo cuestión de tiempo que los problemas hicieran acto de presencia. Yo era consciente de ello.

Se lo comenté a Molly, buscando unas palabras coherentes que pudieran orientarme.

—Creo que deberías hablarlo con John —fue lo primero que dijo ella —.Es lo bastante inteligente como para entenderlo.

—No lo creo… —respondí –. Seguro que se las apaña para que no me pueda marchar de la empresa.

—¿Tú crees? Lo mismo te pone la condición de que te cases con él si quieres dimitir.

Se me atragantó la comida. Jamás se me habría ocurrido aquello.

—Exageras, Molly —afirmé con determinación.

—Algo se inventará… No creo que te diga: sí

cariño, dimite y quédate sin trabajo, sin dinero y sin carrera profesional. ¿Y qué harás después, Sarah? Necesitas empezar a echar currículums antes de dimitir... Si es qu eso es legal... —dijo ella.

—Tengo ahorros, puedo aguantar el tirón hasta que me contraten en otro sitio... Y tengo un buen historial y bastante experiencia, no creo que me cueste conseguir un nuevo trabajo. Aunque sea como traductora de libros... Ya me las apañaré —elucubré en voz alta.

—Es mejor que lo hables con John... Tal vez él pueda ayudarte a cambiar de trabajo.

—Eso sería hacer trampas.

—No, eso sería justicia. Jamás buscaste enrollarte con tu jefe sólo para ascender en la vida. Te lo has encontrado Sarah, y es perfectamente legítimo que te plantees cambiar de vida —argumentó Molly con esa seguridad sobrecogedora propia de ella.

Asentí.

—Se lo diré a John... Pero porque no quiero que haya mentiras entre nosotros.

—Haces bien —respondió ella con una nota de orgullo en la voz —.Es un buen hombre... Y se nota que te quiere. Cuando estáis juntos transmitís mucha felicidad y eso sólo ocurre con las parejas que están muy compenetradas. Sois... ¿Cómo decirlo? ¿Cómo almas gemelas? ¡Sí! Lo raro es que hayáis aguantado tres años trabajando juntos y no os hayáis reconocido antes.

—A veces te pones un poco esotérica, Molly —respondí riéndome —.Pero está bien, no voy a quitarte la razón.

—Escucha, Sarah… Si quieres esta tarde, puedo quedarme con Rachel y llevarla al parque… Mientras tú hablas con John de tus preocupaciones… Necesitáis un poco de soledad.

Medité su oferta. Lo cierto es que no quería que Rachel estuviera delante cuando le dijese a John que pensaba dejar el trabajo. Rachel podría pensar en cualquier fatalidad y John podría reaccionar mal…

Lo mejor sería que ni Carla, ni mi hermana se encontrasen presentes.

—Sí, es buena idea… Muchas gracias Molly… No sé qué haría sin ti.

*

—¿Y Rachel? —fue lo primero que preguntó John al entrar en casa aquella tarde.

Mi hermana siempre salía a saludarle corriendo para colgarse de su cuello. Y aquel día la echó en falta.

—Está en el parque con Molly —sonreí mientras colgaba su abrigo en el armario.

—¿Y eso por qué? —insistió él.

No respondí inmediatamente. Me senté en el sofá y él me imitó. Después dejé caer mi cabeza sobre su regazo y disfruté de que acariciara mis mechones y mi frente.

—Quiero decirte algo… Pero prométeme que no vas a enfadarte —susurré.

—Sabes que normalmente, no lo hago —sonrió él —. A no ser que vayas a dejarme por otro hombre más joven y más guapo.

Eché a reír y le besé con suavidad en los labios. Pese a que había dicho aquello como una simple broma, percibí alguna clase de miedo en su tono de voz. No, el físico de un hombre jamás sería una garantía de felicidad. Ni mucho menos el exceso de músculos, ni los batidos de proteínas con suplementos de testosterona.

Le miré con ternura y volví a dejarme caer sobre él.

—Quiero dejar la empresa, John… Y echar el currículum en otro lugar… Creo que no debemos continuar trabajando juntos.

Vislumbré su turquesa intenso aparecer de inmediato. Me asusté y después añadí rápidamente:

—Me has prometido no enfadarte. Contigo no hay manera. Cuando se te mete algo en la cabeza sé que no puedo hacer nada para que cambies de opinión —dijo él conteniéndose —. ¿Y de qué vas a trabajar Sarah? Tu sitio está conmigo, a mi lado. No puedes dejarme así.

—John, no te dejo a ti. Dejo el trabajo. Hay millones de asistentes tan buenas o mejores que yo buscando trabajo ahí fuera. Pero entiende que no puedo estar a tu lado y concentrarme en los informes que me pasas ni en las diapositivas. Confundo los términos de nuestra relación. Ya no te veo como a mi jefe. Te respeto y te quiero, te amo, me muero por ti… Por eso no puedo seguir trabajando contigo. ¿Lo entiendes?

—Según tú, no es ético ¿me equivoco? —preguntó John con cierta resignación.

Sonreí.

—No es la falta de ética… Es que tú no eres mi trabajo, eres mi vida… Y no quiero tenerte en mi entorno laboral. Quiero que seas mi familia, no mi trabajo… No sé cómo explicártelo mejor… Lo siento —hice un ademán de rendirme.

—Lo que ocurre es que tú eres mi empleada. Pero las cosas podrían cambiar si tuviésemos la misma categoría, podríamos trabajar codo con codo —sugirió él.

Me incorporé de golpe y le miré muy seria.

—No quiero un ascenso. No, no es mi función, no estoy preparada y no lo merezco profesionalmente. Si me lo das lo rechazaré y dimitiré inmediatamente —amenacé—. Me iré de Terrarius te guste o no.

—¡Mierda, Sarah! ¿Y si nadie te contrata? El mercado laboral está fatal y claro que yo te mantendría, si quisieras ser mi mujer, claro.

—Quiero ser tu mujer —escapó de mis labios.

Él me besó con agresividad, poseyéndome. Cuando estaba casi sin aliento, me separé unos centímetros y puntualicé:

—Pero no para que me mantengas. Quiero tener mi propio trabajo.

John echó a reír y después me volvió a besar.

—Si hubiera más mujeres como tú y menos como Susanna el mundo sería distinto.

—No seas pelota, John. Voy a dejar el trabajo igualmente —le advertí.

Al contrario de lo que esperaba, su sonrisa pícara se amplió y yo me asusté. ¿Qué estaría tramando?

Sus ojos azules se posaron sobre mis labios y no tardó mucho en volver a posesionarse de ellos. Sus besos acompañaron a sus caricias y sus manos recorrieron mi cuerpo, deshaciéndose de mi ropa a su paso.

El sofá fue testigo de lo electrizante del roce de nuestra piel cuando John me hizo arquear la espalda para poder soportar aquel clímax tan delicioso al que decidió someterme.

*

Cuando a la mañana siguiente aparecí en mi mesa de trabajo, todas mis pertenencias estaban recogidas en una caja de cartón marrón. Mi corazón comenzó a latir desbocado. No entendía que estaba ocurriendo. Yo no había presentado mi dimisión aún, debía realizar algunas gestiones.

John me observaba desde su despacho y sonreía triunfante.

Deseé con todas mis fuerzas que no hubiese sido capaz de ascenderme.

Caminé por el pasillo y abrí la puerta de su despacho con un ruido seco.

—¿Por qué hay una caja encima de mi mesa? —pregunté casi con violencia.

—Estás despedida.

Rozando el cielo

21

Me mantuve inmóvil frente a su elegante escritorio. Él se incorporó y caminó hacia mí.

—Tienes que ir a recursos humanos a firmar el despido, Sarah… Date prisa —me dijo con total naturalidad.

Se inclinó sobre mis labios y depositó sobre ellos un pequeño beso. Yo aún no reaccionaba.

—¿Es todo?¿Me despides así, sin más? —pregunté ansiosa.

—Tú misma me dijiste que querías dejar el trabajo… Si te despido, puedo pagarte una buena indemnización… Pero si renuncias, no podré hacer nada por ti —argumentó él mientras me rodeaba la cintura con sus brazos.

Asentí, entendiendo sus palabras. Tenían mucho sentido, aunque yo hubiese preferido que me hubiese preguntado para acordar la fecha del despido con algo de antelación.

—Escucha John, aún no he echado el currículum en ninguna parte… Tal vez puedes esperar a despedirme unos días –sugerí esperanzada.

Él negó con un gesto de cabeza.

—No quiero alargarlo en el tiempo… Es mejor que quede arreglado cuanto antes —zanjó.

Su cortante tono de voz no dio opción a continuar discutiendo.

Sin embargo, yo no acababa de comprender por qué aquella prisa. Quise preguntar más, pero John se sentó en su silla y decidió ignorarme deliberadamente. Resoplé y me hice notar, pero mi jefe ya se encontraba absorto en la pantalla de su ordenador y no parecía ya ni percibir mi presencia.

Terminé por rendirme. Sabía que no conseguiría nada.

Por tanto, salí del despacho y con mi bolso al hombro, mientras cargaba con mi caja llena de cosas, me dirigí hacia el ascensor, con la intención de desembarcar en la planta de recursos humanos y despedirme para siempre de Terrarius.

Antes de que se abrieran las puertas metálicas y yo pudiera bajarme en la segunda planta del edificio, me di cuenta de que poco a poco, empezaba a crecer en mí una sensación inquietante que oscilaba entre la inseguridad y el enfado, pasando por la duda.

Dudaba de John. No me terminaba de creer que todo

aquello terminase sólo con el despido. Claro que él era un hombre inteligente y me conocía bien como para saber a ciencia cierta que yo habría rechazado cualquier oferta de trabajo que él me ofreciera personalmente.

Y es cierto, así lo haría. Porque me gustaba trabajar por mí misma, y ganar mis propios méritos con mi propio esfuerzo y no a costa de hombros ajenos. Quería obtener un puesto de trabajo de manera legítima y sin que nadie intercediese por mí. Era un tema de conciencia: yo no podía comulgar con ser la enchufada de nadie.

Me senté en una pequeña salita a esperar que la mujer de recursos humanos me hiciese pasar. Toda la decoración de allí me parecía fría. Los focos de luz blanquecina y las sillas color aluminio con la pared blanca de fondo me hacían sentir como si estuviese en un hospital repleto de moribundos. Y, en cierto modo, en recursos humanos acababan todos los moribundos laborales: como yo. "Respira, Sarah", me dije a mí misma. "John te ha prometido una indemnización, todo irá bien".

Unos segundos después, una señora de rasgos angulosos y cejas finas con el pelo recogido en un moño y vistiendo una falda negra, apareció frente a mí.

—Praxton, venga por aquí —dijo ella con una voz neutra.

Me levanté y seguí sus pasos hasta un pequeño

cubículo donde ya había una retahíla de papeles preparados sobre la mesa para que yo los firmara.

Me prestaron un bolígrafo de tinta azul y yo procedí. Respiré hondo al ver que la indemnización ascendía hasta unos diez mil dólares. Teniendo en cuenta que tan sólo había estado trabajando durante tres años en Terrarius, aquella cifra era más que justa.

Pensé que con aquellos diez mil junto con mis ahorros y lo que quedaba de la herencia de mis padres —que no era mucho —, podría aguantar hasta que me contrataran en otra empresa.

Pese a todo, me sentía mal por decirle adiós a aquella etapa laboral que tantas alegrías me había dado. Teniendo a John como jefe había aprendido a controlar mi estrés, a encauzarlo y a ser una persona que se preocupa menos y se ocupa más.

Había practicado con la mayoría de los idiomas que conocía e incluso había mejorado bastante mi nivel en otras lenguas que controlaba menos. Había aprendido bien a utilizar las herramientas de oficina en el ordenador e incluso me había aficionado a seguir una rutina.

"Desde luego, mi experiencia en Terrarius me acompañará y me guiará a lo largo del resto de mi trayectoria profesional", pensé estoicamente mientras descendía en el ascensor hasta la planta baja.

No me sorprendió encontrar allí a John Miller, plantado frente al ascensor, espérandome.

Al verle descubrí que aún estaba enfadada con él. Me

sentía traicionada y no acababa de comprender por qué. Yo misma le había expresado mi deseo de abandonar la empresa para que nuestra relación pudiera seguir adelante lejos del ambiente laboral. Él lo había entendido y había decidido despedirme para poder pagarme una indemnización considerable con el objetivo de ayudarme.

¿Por qué razón me sentía tan indignada? "Serán las hormonas", teoricé sin demasiado convencimiento.

Aunque tal vez fuera mi orgullo, que escondido tras capas y capas de represión, se hacía oír, diciendo que esperaba más. Que quería que John estuviese pendiente, que me diera un trabajo, que *merecía* algo mejor. Ahuyenté aquel pensamiento de mi cabeza.

—Hola —saludé con poco entusiasmo —. Creo que me iré a casa.

John no preguntó antes de agarrarme de la mano y guiarme de nuevo hacia otro de los ascensores.

—Suéltame —le dije antes de deshacerme de su amarre —.No estoy de humor, perdóname.

Vi que resoplaba.

Allí estábamos los dos, en medio de todo aquel bullicio de trabajadores que iban y venían por el hall de aquel enorme rascacielos, cada uno dirigiéndose a su respectiva oficina, despacho o cubículo.

—Sarah, aún no hemos terminado. Necesito que veas algo… Confía en mí, por favor —me pidió él.

Arrugué las cejas.

—Supongo que eres consciente de que acabas de echarme a la calle y de que no estoy radiante de felicidad ¿cierto? No me apetece ver nada ahora. Quiero ponerme a rectificar mi currículum para empezar cuanto antes a buscar trabajo —establecí sin mirarle directamente.

Me daba pánico entablar un contacto visual y descubrir los destellos intensos de turquesa en sus iris.

—Eres tan terca como una mula, y aún así te quiero. No me lo explico —ironizó él mientras volvía a cogerme de la mano —.Ahora ven conmigo y cállate de una vez.

No entendía qué demonios le ocurría aquella mañana. No estaba dispuesto a ceder conmigo, en nada. Primero me despedía, luego me ignoraba y después me obligaba a subir con él a un lugar del que antes me había echado. Y encima parecía tener los nervios de punta. Como si su aura pinchase. No me quedó otra que hacerle caso y dejarme llevar casi hasta la última planta del rascacielos.

Cuando nos bajamos del ascensor, no entendí muy bien qué era lo que John pretendía enseñarme. Allí no había más que una planta diáfana, ocupada por mesas blancas, muy nuevas, y sillas de oficina de colores vivos. El suelo era de madera clara y brillante. Los focos de bajo consumo tenían una luz ligeramente cálida. El ambiente despedía un agradable olor a nuevo. Pero allí no había nadie trabajando.

—No sé por qué estamos aquí… ¿John? —le

pregunté en voz baja, por miedo a romper el agradable silencio que reinaba en aquel lugar.

—Ten paciencia, exigentona… —respondió con cariño.

Me apretó la mano fugazmente y me sentí reconfortada. Le seguí a través de los pasillos. El decorado de toda la planta era mucho más alegre que el resto de oficinas de la empresa, todo estaba recién comprado y muy limpio. Incluso las pantallas de los ordenadores aún tenían aquel plástico de protección que les ponen en las tiendas.

Pronto pude ver una especie de cuarto, delimitado por cristales translúcidos en su mitad inferior y transparentes en su mitad superior. En su interior había una gran mesa de madera blanca –se trataba de un color blanco intenso–. Vi el monitor y el teclado sobre ella y varios marcos con fotos.

Antes de llegar a la puerta, vi el rostro de Rachel en una de aquellas fotografías.

—Dios mío… —musité aún sin sospechar lo que John tenía preparado para mí.

Él me abrió la puerta, pero antes de entrar me señaló aquella y yo pude leer la placa que indicaba el dueño de aquel despacho: *Mrs. Miller.*

"Señora Miller".

—¿Por qué pone… señora Miller? —pregunté tratando de controlar mi agitada respiración, que prometía acabar con todo el oxígeno de mis pulmones.

—Para no tener que cambiarlo cuando nos casemos… Es mejor así, ¿no crees?

Sentí que me mareaba. Mis pensamientos se mezclaron unos con otros, formando un caos en mi mente y nublando mis sentidos. No regía. Después mis piernas comenzaron a temblar con violencia mientras yo apretaba los dientes. Me había ascendido, todo apuntaba aquello, a pesar de que yo le había avisado.

—Te dije que no quería un ascenso —susurré con rabia —. No lo aceptaré, John.

Él echó a reír.

—Es que no te he ascendido, Sarah… Estás muy equivocada.

Le miré, aturdida.

—No comprendo, John… Sé directo, por favor, no tengo paciencia para soportar esto. ¿Qué narices hacemos aquí?¿Si no es un ascenso, qué es? ¡Explícamelo porque no lo entiendo! —grité fuera de mí.

—Shhh…Calma, amor mío —dijo John mientras me abrazaba.

Aún no habíamos entrado al despacho.

—No tengo formación suficiente para adquirir de golpe tantas responsabilidades… Entiende, John… Que no he estudiado para dirigir a las personas ni para crear modelos de negocio. No sé, no lo merezco.

No puedo aceptarlo porque nos perjudicaría a todos... —lo solté todo de carrerilla, por temor a que él no me dejara terminar de hablar.

—Sarah, no vas a crear modelos de negocio. Ahora no formas parte de la empresa, eres uno de los dueños. En este mismo instante, eres la propietaria de un treinta por ciento de las acciones de Terrarius, exactamente la mitad de lo que me pertenecía a mí antes. Es decir, tú y yo somos los dueños mayoritarios de la empresa.

Me separé unos centímetros de él y le miré a los ojos sin dar crédito a lo que acababa de decirme.

—Pero esto no es un ascenso, es peor... —gemí —. ¿Te has vuelto loco?

—Llevo algún tiempo pensando en crear una obra social con los fondos de Terrarius... Pero me faltan ideas Sarah... Y tú las tienes. Hace unos años diseñé esta planta aquí arriba y lleva así desde entonces. En su momento no encontré a nadie en quien pudiera confiar que fuese a utilizar bien, y no en beneficio propio, el dinero que yo destinase a realizar tareas sociales y sin ánimo de lucro.

Se me iluminó la mirada y John debió de notar aquel ápice de ilusión que aquella idea despertó en mí.

—Aún así no creo que yo sea la persona más indicada, John... Me faltan conocimientos —insistí yo.

—Siempre puedes estudiar algún máster y ampliar tus estudios en economía... Pero lo más importante es que estoy seguro de que serás capaz de crear colegios, clínicas y dar becas a estudiantes sin dinero con los millones de dólares que tendrás a tu disposición... Sé que tu gusto por el dinero varía respecto al de otras personas... Por eso sé que tú, a pesar de que no estuviera locamente enamorado de ti, serías la persona correcta para dirigir y proponer una nueva parte de la empresa destinada a compartir con la sociedad los beneficios que posee.

Sus palabras fueron sinceras y me conmovieron. Le miré embelesada. Lo cierto era que con mucho dinero, se podía elegir entre acapararlo todo y ser egoísta o, por el contrario, crear cosas hermosas, socorrer a otras personas y colaborar para que nuestra sociedad avanzara en la dirección correcta.

—¿Y si necesito ayuda? —pregunté temerosa.

—Podrás elegir asesores y administrativos...Todo lo que te haga falta... Aunque sé que no vas a derrochar, no va en tu personalidad —agregó él con una seguridad aplastante.

No cabía duda de que se había presentado ante mí un gran reto, que algo me decía que valía la pena asumir.

John se apartó de mí y entonces abrió la puerta del que iba a convertirse en mi despacho. Me invitó a pasar. Y después cerró, echando el pestillo. Me senté en la mullida silla roja que había frente a la mesa y vi que no sólo estaba la foto de Rachel sobre ella, sino también otras dos: una de John y Carla juntos y otra en la que salíamos John y yo abrazados —supuse que sería una de las fotos que nos sacó su hija la semana anterior, cuando fuimos a pasear por el campo, a las afueras de la ciudad–.

Sentí las manos de John masajeándome los hombros con suavidad. Suspiré. Entonces él se agachó hasta que pudo decirme al oído:

—Ahora ya sólo nos falta aclarar cuándo vas a convertirte en la señora Miller.

Me giré y sus labios se encontraron con los míos en un acto de exigencia, posesión y calor. Probablemente aquella era la primera vez que John se abalanzaba sobre mí de aquella manera tan ansiosa. Le respondí con una entrega absoluta.

—Aquí podrían vernos —alcancé a susurrar alarmada cuando John comenzó a desabrochar mi pantalón.

—Que nos vean —respondió él mientras besaba mi cuello con angustia.

*

Al día siguiente John retó al personal de recursos humanos para que consiguieran una plantilla de trabajadores que encajaran en el proyecto de obra social de Terrarius.

Poco a poco, y entre muchas personas, conseguimos la licencia para abrir un colegio, no muy lejos del centro de la ciudad, especial para niños con discapacidad intelectual. Tardó varios meses en construirse. Contratamos profesores formados en educación especial y supervisamos la entrega de plazas a aquellos alumnos que más podían necesitarlo.

La intención fue ir ampliando el centro para dar cabida a la mayor cantidad de niños posible.

Rachel fue quien cortó la cinta roja el día de la inauguración. Lo llamamos: Centro de Educación Especial Praxton.

El centro Praxton pasó a ser dirigido por Molly y yo me encargué de que pudiera acceder a cursos de formación en ciencias empresariales para estar lo más capacitada que pudiera a la hora de manejarse con la dirección del colegio. No obstante, me aseguré de que no le faltase ayuda cuando la necesitara.

Recuerdo las lágrimas de sus ojos cuando le dije lo que había pensado para ella.

Al principio lo rechazó, sintiéndose incapaz de llevar a cabo tal tarea… Pero logré convencerla. "Soy demasiado joven" había argumentado.

"Y demasiado sabia" contraataqué yo. "El mundo necesita gente joven, Molly… Gente joven dispuesta a mejorar las cosas, con inteligencia y sentido común… Y sobre todo, con un gran corazón. No puedes negar que no deseas hacerte cargo de un montón de niños como Rachel… Ellos te necesitan", le dije. Entonces no pudo negarse.

Para entonces, John y yo nos habíamos mudado a una casa familiar muy grande, pero aún así hogareña, a las afueras de la ciudad.

Rachel tenía un cuarto muy grande y estaba encantada con todas las cosas nuevas que empezaba a aprender en el colegio.

Carla también vino a vivir con nosotros. Su habitación era incluso más amplia que la que había tenido en su anterior casa. Todos los días desayunábamos y cenábamos juntas y no había problema ni pensamiento que le pasara por la cabeza que no lo consultara conmigo. Al parecer, su profesor de física continuaba hablando mucho con ella y Carla me confesó que deseaba ser mayor de edad cuanto antes para poder salir con él.

Nos hicimos buenas amigas. Por supuesto, al ver a su hija florecer, feliz y tranquila, John desistió de su intención de enviarla a estudiar a París – al menos, por el momento –. Yo podía imaginarme a Diana Miller sonriendo allá donde estuviese, orgullosa de su pequeña Carla. Y sí, sacó un nueve y medio en aquel temido examen de francés.

El suave olor de los lirios blancos lo tengo asociado al instante en el cual me entregué en matrimonio a John Miller, en una pequeña y acogedora iglesia, lejana y situada en un extraordinario paraje natural.

Rachel estaba a mi lado, la primera, la más feliz. Ni que decir tiene, que dibujó muchos elefantes vestidos con pajarita y esmóquin, con la trompa particularmente corta para la ocasión. Tuve que convencerla para que los dejara en el coche… "En la iglesia se te pueden perder", le dije.

Molly había llevado a su padre a la ceremonia y entre los familiares de John se encontraban Carla, vestida como una princesa y muy sonriente, y el único hermano de mi marido, Joshua Miller, al cual conocí unos pocos días antes de casarme. Se trataba de un hombre también muy alto y de ojos azules, algo más mayor que John y con un carácter y una conversación muy agradables, trabajaba como neurocirujano pediátrico en San Francisco.

No creo que pueda describir con palabras la emoción que sentí cuando John clavó sus ojos en los míos mientras "...en la salud y en la enfermedad..." el sacerdote nos unía hasta que la muerte tuviera intención de separarnos –algo que jamás lograría, ni ella–.

Poco después de salir de la Iglesia, nuestro pequeño e íntimo comité de invitados y nosotros, lo celebramos con un suculento almuerzo campestre en un restaurante que había al pie de las montañas nevadas.

Fue allí cuando al ver a John, con sus cincuenta años recién cumplidos, sentí que una vida no sería suficiente para amarlo como yo deseaba. Realmente sentí miedo a su muerte en aquel instante. Temí profundamente a su ausencia, por esa razón me prometí a mí misma aprovechar cada instante a su lado. Ya que, como decía Molly, al día siguiente me podría atropellar un camión... La muerte no era más que una lotería de mal gusto.

Pasamos todos la noche en el hotel rural que había anexo al restaurante, que pese a ser de campo, era muy acogedor y las habitaciones tenían unas vistas maravillosas.

Allí, rodeados de montañas y bañados por una luna intensa y resplandeciente, pasamos nuestra noche de bodas.

Como siempre que estaba en sus brazos, logró transportarme a un mundo perfecto donde él me hacía la reina y me impulsaba a volar por encima de las nubes. Pero lo que más feliz me hizo, no fue sentir el éxtasis del amor, si no observar a mi marido mientras dormía, con su expresión relajada, de paz. Le acaricié el rostro con suavidad para no despertarlo. Y me di cuenta de que jamás había sentido tanto amor por una sola persona. Una persona que no sólo me había tratado con amor y me había llevado a experimentar los sentimientos más elevados que yo conocía, sino que también había tratado a Rachel como a su propia hija, en lugar de verla como un estorbo —que era lo que hacían la mayoría de los hombres con los que yo me había topado antes —.

Derramé una pequeña lágrima de felicidad.

—No me faltes nunca —le pedí en un susurro, con la esperanza de que mis súplicas llegasen hasta el fondo de su alma.

— Nunca —susurró él entre sueños.

Rozando el cielo

EPÍLOGO

Con los años, la obra social de Terrarius se expandió y logró brillar con fuerza. Se abrieron cuatro colegios para niños con cualquier tipo de discapacidad intelectual y también talleres para que, cuando estos niños crecieran, pudieran integrarse en el mundo laboral con mayor facilidad.

Terrarius también se encargó de financiar algunos contratos para personas discapacitadas y ayudar así, en su integración. En otros casos, ayudó a pagar ayudas para personas dependientes que, por desgracia, jamás llegarían a valerse por sí mismas.

Rachel aprendió en el colegio y después estuvo en un taller de pintura, haciendo lienzos que luego se vendían por un precio muy económico en subastas.

Mi hermana vivió siempre con nosotros, siempre feliz… Jamás perdió esa alegría infantil… Esa que se suele extinguir en las personas *normales* al inicio de la adolescencia.

Más tarde, los proyectos de Terrarius abarcaron también la financiación de estudios universitarios a alumnos con verdaderas dificultades económicas y muchas ganas de salir adelante – no sólo premiando a los más brillantes, si no a los más constantes y fuertes, sin ser necesariamente los que mejores notas hubiesen sacado en el instituto –.

Yo me empeñé, paralelamente a dichos éxitos, en transformar Terrarius en una empresa más ecológica, obligando a John a reformar todos los edificios para que fueran más eficientes y gastaran menos energía.

Pero el hecho más destacable de todos aquellos años fue, sin duda, el nacimiento de mi hija: Mary Miller.

Un bebé rubio, de ojos poderosamente azules desde el mismo nacimiento y con un carácter sosegado.

Lo mejor, y por lo que mi vida ha valido más la pena, ha sido verla crecer y transformarse en lo que hoy en día es: una mujer.

Sin embargo, mientras Mary crecía… John envejecía. Eran veinte años de diferencia los que había entre ambos y yo ya comenzaba a notar, a partir de sus sesenta y cinco, que su agilidad no era la misma, que se cansaba al caminar y que tosía mucho por las noches.

Aquello no significaba que yo hubiese dejado de querer a John. Por el contrario, yo sentía que cada día necesitaba y amaba más a mi marido, por ello, mi miedo a perderle se iba acrecentando con el paso del tiempo.

Procuraba decirme a mí misma que era normal que envejeciese, pero que se cuidaba mucho haciendo ejercicio y llevaba una dieta muy sana, además de que jamás había probado ni un solo cigarrillo.

A menudo, recordaba mi promesa interior de aprovechar cada instante a su lado y entonces sus caricias y sus besos adquirían una intensidad casi sobrecogedora y yo temía separarme de él cuando me abrazaba por las noches.

Por otro lado, John se convirtió en un apoyo muy fuerte a la hora de llevar a Rachel a todas sus visitas médicas. Con el tiempo, mi hermana desarrolló deficiencias cardíacas y hubo que empezar a medicarla.

John siempre estuvo conmigo, apoyándome.

Carla estudió derecho en Harvard y más tarde, una vez acabada la carrera, decidió ampliar su formación y estudió ciencias económicas al mismo tiempo que cursaba un máster especializado en ecología empresarial. Poco a poco la vi transformarse en una mujer curiosa e investigativa, interesada cada vez por más cosas.

Cuando cumplió los veintiocho años, me confesó que deseaba formar parte de la empresa de su padre, en concreto, colaborar con sus proyectos sociales y administrar los fondos dedicados a ellos.

John se puso muy contento y no tardó mucho en cederle parte de las acciones de la empresa para que pasara a formar parte del círculo de accionistas mayoritarios.

Yo estaba orgullosa de su hija, y en cierto modo, pensaba que su cercanía a Rachel la había beneficiado mucho para ver la realidad de otra manera, siendo consciente de los problemas y buscando siempre una solución a ellos.

Al final sí fue a París... Pero a pasar su luna de miel con su amado exprofesor de física, con el cual comenzó a salir nada más finalizar el instituto y con quien ahora tiene dos maravillosos niños que adoran jugar con Rachel cada vez que vienen de visita a casa.

El tiempo pasó y mi hija llegó a cumplir los veinte años. Para entonces John ya contaba con setenta y yo me había situado en los cincuenta. Me sentía absolutamente realizada, creí que jamás habría mujer más feliz que yo: queriendo a mi marido cada día más, peleándome con él de cuando en cuando y haciendo el amor como si fuera el primer día.

Vi a Mary gatear, llamarme *mamá*, probar por primera vez un trozo de pan, ponerse en pie y echar a correr, aprender a utilizar el microondas y a escribir en el teclado del ordenador... Mary y Rachel solían dibujar juntas y un día, cuando el raciocinio de mi hija maduró, ella se dio cuenta de que su tía era diferente de todos los demás. Al principio se puso triste, pero después, Mary fortaleció su carácter y siempre trató Rachel con un cariño inmenso.

Contemplé con fascinación como mi hija se iba transformando en una mujer decidida y una personalidad fuerte y equilibrada. Su físico recordaba mucho a John: muy alta, rubia natural de pelo muy claro y ojos azules – que también cambiaban de color cuando se estresaba –.

Aquel turquesa intenso me sirvió para adivinar cuándo Mary no me contaba toda la verdad y cuándo había suspendido algún examen. Reconozco que hice trampas… Yo jugaba con ventaja porque su padre era exactamente igual.

También heredó la afición a comer M&Ms mientras estudiaba.

Pero fue sin duda, la forma de ser de Mary, tan reflexiva y prudente, además de comprensiva, la que me ayudó y me apoyó el día que nos dijeron que John estaba muy enfermo.

A sus setenta y cinco años, mi marido se vio obligado a enfrentar un cáncer digestivo, que, tras varios intentos con quimioterapia, medicina natural y demás… No logró superar.

Siempre recordaré la última conversación que tuve

con él. Sus ojos hundidos, pero tan azules como cuando le conocí. Su sonrisa cansada pero tranquila. Murió en paz, en su casa y rodeado por toda su familia.

Aún puedo revivir su olor corporal cuando yo estaba tumbada a su lado, con mi cabeza apoyada sobre su pecho y mi brazo rodeándole. Aquellos momentos los viví con el corazón en un puño.

—Nunca hagas lo que hice yo cuando Diana faltó —comenzó a decir él con su voz apagada —. No te hundas, Sarah… Porque la muerte no existe y yo siempre estaré contigo, vaya a donde vaya, siempre podrás encontrarme dentro de ti.

Me hizo llorar. Pero le prometí que no me hundiría, que cuidaría de Carla, de Mary y de Rachel.

Le recordé durante los siguientes cuarenta años de mi vida, noche tras noche, no dejándome arrastrar por la tristeza, tal y como le dije que haría.

Molly me ayudó mucho. Ella se vino a vivir conmigo cuando John faltó. Nunca se casó. Yo supe que prefería vivir su vida en soledad antes que juntarse con alguien a quien no amaba… Molly continuó siendo tan sabia como siempre, e incluso más, por ello supo a las mil maravillas cómo distraerme y focalizar mi atención en tareas con las que pudiera espantar la tristeza y motivarme.

Nació mi nieto, quien vino a rescatarme definitivamente de la nostalgia en la que yo evitaba sumirme día a día.

Un niño rubio, de ojos cristalinos… Un niño que según fue creciendo me pareció la viva imagen de su abuelo. Se convirtió en un adolescente de elevada estatura, delgado y sus ojos se volvían turquesas cuando le regañaba por comer demasiadas patatas fritas.

No obstante, se trataba de un chico tranquilo, que disfrutaba de la literatura y pasaba horas escuchando música clásica.

Me pareció estar viendo a mi John de joven, antes de conocer a su primera esposa.

Carla terminó por heredar todas mis acciones de Terrarius, empresa que continuaba con fuerza aún en el panorama económico y empresarial del país. Ella se dedicó por entero a la obra social.

Mary heredó las acciones de su padre, y mi hija se decantó por el otro lado de la empresa: el financiero. Ejerció su labor de presidenta con una entereza y una sangre fría muy propias de su padre. Aunque siempre en estrecha colaboración con su hermana Carla.

Yo tenía noventa y siete años cuando dejé de respirar una noche de verano, en mi cama. No hubo enfermedad. Sólo dejé mi cuerpo, orgullosa de haber vivido una vida llena de amor. Feliz por haber amado a un hombre, a una hermana, a una hija, a dos grandes amigas y a mi nieto.

FIN

Puedes encontrar a Cristina González en
Twitter: @aleianwow.
Wattpad: @aleianwow.
Y consultar sus últimas novelas y publicaciones en:
www.cristinagonzalez.info

39331830R00189

Made in the USA
Charleston, SC
07 March 2015

31901056056981